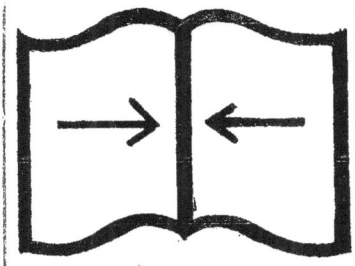

RELIURE SERREE
Absence de marges
intérieures

VALABLE POUR TOUT OU PARTIE DU
DOCUMENT REPRODUIT

Début d'une série de documents
en couleur

LÉON DE TINSEAU

MA COUSINE

POT-AU-FEU

TREIZIÈME ÉDITION

PARIS

CALMANN LÉVY, ÉDITEUR

RUE AUBER, 3, ET BOULEVARD DES ITALIENS, 15

A LA LIBRAIRIE NOUVELLE

1889

DERNIÈRES PUBLICATIONS

Format grand in-18

Paris. — Imprimerie J. CATAY, 3, rue Auber.

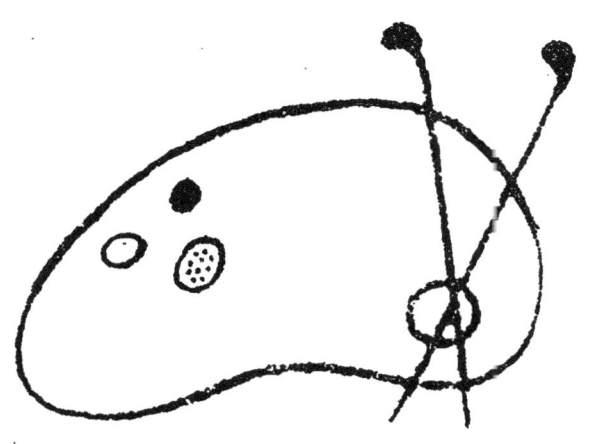

Fin d'une série de documents
en couleur

MA COUSINE

POT-AU-FEU

CALMANN LÉVY, ÉDITEUR

DU MÊME AUTEUR

Format grand in-18

L'ATTELAGE DE LA MARQUISE................ 1 vol.

CHARME ROMPU..................................... 1 —

DERNIÈRE CAMPAGNE........................... 1 —

MADAME VILLEFÉRON JEUNE.................. 1 —

LA MEILLEURE PART (*Ouvrage couronné par l'Académie française*)........................ 1 —

MONTESCOURT..................................... 1 —

ROBERT D'ÉPIRIEU............................... 1 —

Imprimeries réunies, B, rue Mignon, 2.

MA COUSINE
POT-AU-FEU

PAR

LÉON DE TINSEAU

TREIZIÈME ÉDITION

PARIS

CALMANN LÉVY, ÉDITEUR

ANCIENNE MAISON MICHEL LÉVY FRÈRES

3, RUE AUBER, 3

1889

COUSINE POT-AU-FEU

I

Mes parents m'ont mis tard au collège de Poitiers, tenu par les jésuites. Vous avez bien entendu : par les jésuites, ce qui n'empêche point qu'à la seule pensée de me voir faire ma première communion ailleurs qu' « à la maison », ma mère avait jeté les hauts cris.

Je me hâte de dire qu'elle ne les jeta pas longtemps et que la question fut bientôt tranchée selon ses préférences. Mon père aimait beaucoup la meilleure et la plus sainte des

1

femmes : la sienne, et je crois qu'il aimait
presque autant sa tranquillité. Pour fuir une
discussion, il aurait fait la traversée d'Amé-
rique, bien qu'il n'eût jamais mis le pied, il le
confessait lui-même, sur un appareil flottant
autre que la nacelle où son garde et lui s'em-
barquaient l'hiver, afin de chasser les canards.

Il s'était marié quelques années après la
trentaine, car on ne faisait rien de bonne
heure chez nous, du moins en ce temps-là. Ce
mariage, fort heureux, fut assurément le seul
acte saillant de sa vie, depuis le jour où il faillit
porter la cuirasse ainsi que le faisaient, à dater
de saint Louis, tous les Vaudelnay du monde,
quand ils n'étaient pas dans les ordres. Mais la
révolution de 1830 avait mis fin à cette vieille
habitude, et mes arrière-parents, ainsi que
leur fils lui-même, auraient considéré que
l'honneur du nom était compromis si l'un des
nôtres avait passé, fût-ce un quart d'heure, au
service de Louis-Philippe.

Je suppose que mon père aura connu quelques heures pénibles en se retrouvant au château
de Vaudelnay, triste comme une prison et

sévère comme un cloître, après les deux années
moins sévères et moins tristes, vraisemblablement, qu'il venait de passer à l'école des Pages.
Quoi qu'il en soit, il dut prendre son parti en
philosophe, c'est-à-dire en homme résigné, car,
à l'époque de nos premières relations suivies,
j'entends vers la cinquième ou la sixième année
de mon âge, cette résignation ne laissait plus
rien à désirer.

A cette époque, nous étions huit personnes à
Vaudelnay, je veux dire huit « maîtres » pour
employer l'expression consacrée, bien que ce
titre n'appartînt en réalité qu'à un seul des
habitants du château, mon grand-père, alors déjà
extrêmement vieux, mais d'une verdeur étonnante. Autour de lui un frère plus jeune, deux
sœurs plus âgées, tous trois confirmés dans le
célibat, et ma grand'mère que nous respections
tous comme un être surnaturel parce qu'elle
avait été, enfant, dans les prisons de la Terreur,
composaient une sorte de conseil des Anciens,
honoré de certaines prérogatives. Je désignais
cette portion plus que mûre de ma famille sous
le nom d'*ancêtres*, dans les conversations fré-

quentes que je tenais avec moi-même, à défaut
d'interlocuteur plus intéressant.

Les trois autres habitants du château, c'est-
à-dire mes parents et moi, formaient une caste
inférieure, exclue de toute part au gouvernement, voire même à l'examen des affaires. Mais,
comme dans tout état monarchique bien cons-
titué, chacun des citoyens de Vaudelnay,
obéissant et subordonné par rapport au degré
supérieur de la hiérarchie, devenait, relati-
vement à l'échelon placé au-dessous, un repré-
sentant respectueusement écouté de l'autorité
primordiale et souveraine.

Cette discipline, harmonieuse à force d'être
parfaite, qui excite encore mon admiration et
mes regrets, quand j'y pense aujourd'hui, se
manifestait jusque dans la classe nombreuse des
domestiques, dont quelques-uns, accablés par
la vieillesse, devaient causer plus d'embarras
qu'ils ne rendaient de services. Mais il était de
règle à Vaudelnay qu'un serviteur ne sortait de
la maison que cloué dans son cercueil ou con-
gédié pour faute grave, deux phénomènes d'une
égale rareté, grâce au bon air, au bon régime

et à l'atmosphère de subordination invétérée
que l'on trouvait au château et dans les dépen-
dances.

Pour en revenir aux « maîtres », j'étais, cela
va sans dire, le seul qui eût toujours le devoir
d'obéir, et jamais le droit de commander. Et
encore je parle de l'autorité légitime et recon-
nue, car, en réalité, j'exerçais une tyrannie
occulte sur tous les gens de la maison, à l'exception de la cuisinière et du jardinier, êtres indé-
pendants et fiers, sans doute à cause de leurs
connaissances spéciales. Dans notre monarchie
en miniature, ils jouaient le rôle de l'École
polytechnique dans la grande famille de l'État.

Pour pénétrer dans la cuisine sans m'exposer
à l'épouvantable avanie d'un torchon pendu à la
ceinture de ma blouse, il me fallait un véritable
sauf-conduit de l'autorité compétente. Quant
au jardin, toute la partie réservée aux fruits
constituait à mon égard un territoire de guerre,
constamment infesté par la présence de l'ennemi, c'est-à-dire du jardinier, où je ne m'aven-
turais qu'avec des précautions et des ruses
d'Apache. Aussi quelles délices quand je pou-

vais entamer de mes dents intrépides de marau-
deur l'épiderme d'une pêche verte, ou la pulpe
d'une grappe acide à faire danser les chèvres !
Un des plus beaux souvenirs de ma première
enfance est un certain automne pendant lequel
tout le pays fut décimé par le choléra. La terreur générale était parvenue à ce point qu'on
laissait pourrir sur pied tous les fruits quel-
conques, réputés homicides. Ma bonne chance
voulut que, de toute la maison, mon ennemi le
jardinier fut le seul qui prit la maladie, dont il
réchappa, Dieu merci ! J'ai consommé certainement, pendant ces trois semaines fortunées,
plus d'abricots et de prunes de reine-Claude
que je n'en absorbai et n'en absorberai pendant
le reste de ma vie. Que les médecins daignent
m'excuser si je ne suis pas mort : ce n'est point
ma faute à coup sûr.

Dans la marche régulière des événements,
j'étais placé sous l'autorité directe de ma mère,
soumise elle-même de la façon la plus complète — en apparence — à l'autorité conjugale.
J'ai tout lieu de croire que cette soumission
extérieure cachait une réalité bien différente,

car j'ai connu peu de femmes aussi belles et peu de maris aussi tendres. En dehors des réprimandes solennelles nécessitées par quelque méfait sérieux, et dont je restais ébranlé pendant quarante-huit heures, mon père n'intervenait dans ma vie que pendant deux ou trois heures de l'après-midi pour me conduire à la promenade, tantôt à pied, tantôt en voiture, puis à cheval, dès que mon âge le permit. Je doute qu'il soit possible d'avoir autant d'adoration, de crainte et de respect tout à la fois pour le même homme que j'en avais pour lui. On aurait dit, d'ailleurs, qu'il réunissait plusieurs systèmes d'éducation dans une seule personne. Sévère, absolu, très avare de sourires tant que nous étions dans l'enceinte du château et du parc, il commençait à s'humaniser, à se dérider aussitôt que le dernier arbre de l'avenue était dépassé. Quand nous avions perdu les girouettes de vue, c'était un homme gai, affectueux, caressant, presque de mon âge, dont je faisais tout ce que je voulais, en ayant bien soin, toutefois, d'opérer au comptant et non pas à terme, car, une fois rentrés au château, la fantaisie la mieux acceptée tout à l'heure devenait quelque chose de fou et d'inaccessible à l'égal de la lune.

La génération supérieure ne m'apparaissait guère qu'à l'heure des repas, qui étaient pour moi les deux moments scabreux de la journée. A onze heures toute la famille était réunie dans la salle à manger. Mon grand'père présidait, comme de juste, ayant de chaque côté une de ses sœurs, l'une et l'autre ses aînées, restées vieilles filles, faute de n'avoir pu trouver, grâce à la ruine de 93, des maris d'assez bonne race. Elles approchaient alors de la quatre-vingt-dixième année, et je n'étonnerai personne en disant qu'elles ne brillaient point par la bienveillance. Grandes, majestueuses, droites comme des joncs, l'une brune, l'autre blonde (ce n'est que vers l'âge de quinze ans que j'ai appris qu'elles portaient perruque), elles semblaient n'avoir conservé de toute leur existence qu'un seul souvenir, différent pour chacune d'elles. L'aînée avait eu l'honneur d'ouvrir le bal à Poitiers en donnant la main à Monsieur, frère du roi, lors de la rentrée des

Bourbons. L'autre avait tiré la duchesse de Berri d'un mauvais pas, lors des soulèvements de 1832, en lui faisant traverser les troupes de Louis-Philippe dans sa voiture. Vingt fois j'ai frissonné au récit de cette odyssée menée à bien grâce au sang-froid de ma tante qui, dans un moment difficile, avait détourné les soupçons des voltigeurs en ordonnant à la princesse, déguisée en femme de chambre, de lui rattacher son soulier, trait historique dont elle n'était pas peu fière.

Leur frère, assis de l'autre côté de la table, à droite de ma grand'mère, avait à peine soixante-dix ans. Aussi le traitait-on comme un jeune homme qui n'a jamais rien fait d'utile, car il avait voyagé dans divers pays de l'Europe durant les quarante premières années de sa vie. L'oncle Jean se posait volontiers en artiste et professait, à propos des derniers événements de notre histoire contemporaine, cette indépendance de jugements qu'on apprenait alors à l'étranger, mais qu'on apprend aujourd'hui, si je ne me trompe, sans être obligé d'aller si loin. De plus, il parlait quelquefois de

1.

certaines « belles dames » qu'il avait connues.
Dieu sait qu'il était discret — je ne lui ai jamais
entendu prononcer un nom — et qu'il se main-
tenait dans la plus louable réserve, car les ré-
miniscences qu'il se permettait paraîtraient in-
colores et fades sous les ombrages de la cour
des *grandes* de nos couvents actuels. Néanmoins, je me rendais déjà compte que ses
frère, sœurs et belle-sœur le considéraient en
eux-mêmes comme un jeune écervelé, sujet à
caution sous le rapport de la foi, de la politique
et des bonnes mœurs.

Pour ce motif inavoué, ce n'est pas sans un
secret malaise que les *ancêtres* voyaient mes
tête-à-tête avec lui. Sans en avoir l'air, on les
rendait aussi rares que possible. Par contre,
on le devine, je n'aimais rien tant au monde
que d'entendre les histoires de l'oncle Jean.

Un jour, en grimpant sur ses genoux et en
fourrageant dans sa chevelure encore abondante, j'avais senti comme une moulure poussée
dans son crâne.

— Qu'est-ce qui vous a fait ça, mon oncle?
demandai-je.

— Une balle de pistolet.

— Ah ! Pourquoi vous a-t-on tiré une balle, mon oncle?

— Parce que je me suis battu.

— Contre les ennemis ?

— Non, contre un monsieur.

— Qu'est-ce qu'il vous avait fait, le monsieur?

— Tu es trop petit pour comprendre. Mais si tu ne veux pas me faire de peine, aie soin de ne jamais parler à personne de ce que je viens de te dire.

Bien des années se sont passées avant que j'aie parlé à personne de la cicatrice de mon oncle, et avant que j'aie su « ce que lui avait fait le monsieur ».

Si enfant que je fusse alors, je comprenais déjà que l'oncle Jean avait en lui quelque chose de mystérieux qui le mettait comme en dehors du reste de la famille. Il s'en détachait par une mélancolie constante, non pas, Seigneur! que les autres fussent gais, — il serait aussi exact de dire qu'ils étaient joueurs ou débauchés; — mais la tristesse aiguë de ce membre de la

famille semblait dépasser encore l'absence de
gaieté qui était l'état normal de l'ensemble. Au
milieu de ce silence vide de personnes qui se
taisaient, la plupart du temps, faute d'avoir une
pensée nouvelle à transmettre, le mutisme
grave, rêveur, voulu de cet homme dont l'intelligence me frappait déjà, produisait le con-
traste d'un reflet sur l'ombre, de la chaleur sur
le froid, de la vie sur la mort.

D'ailleurs, il suffisait de voir cette figure
énergique, fatiguée, traversée souvent par des
éclairs brusques, bientôt réprimés, pour comprendre que l'oncle Jean, à l'opposé de ses col-
latéraux des deux sexes, avait une histoire, une
histoire qu'il avait résolu de cacher. C'est sur
lui que mes yeux se portaient le plus volontiers
durant nos longues séances à table — ces mâchoires octogénaires n'allaient pas vite en
besogne — et quand je le revois en souvenir à
sa place, parmi les convives de la grande salle
à manger de Vaudelnay, je crois apercevoir une
rangée de frontons funéraires, coupée par une
façade aux volets clos, derrière lesquels se
devine la lampe allumée du sage.

De tous les habitants du château, mon père et l'oncle Jean étaient ceux dont les caractères sympathisaient le moins. Entre eux, des chocs plus ou moins dissimulés n'étaient point rares, et je dois avouer que c'était du côté de mon oncle que les hostilités commençaient le plus souvent, presque toujours sans motif précis, comme il arrive lorsqu'un individu produit sur un autre une impression d'agacement perpétuel. Je me rends compte aujourd'hui que l'oncle Jean reprochait à son neveu de mener l'existence d'un inutile et d'un oisif. Or, de la meilleure foi du monde, mon père voyait dans ce renoncement volontaire au mouvement de son époque un titre de gloire, une immolation pleine de mérite.

— Nous devons obéir au roi !

Combien de fois n'ai-je pas entendu répéter cette phrase qui me transportait d'enthousiasme, d'autant plus que je ne la comprenais pas ! Cependant le sourire douloureux que j'apercevais alors sur les lèvres de mon oncle ne laissait pas de troubler secrètement la sérénité de ma croyance. Parfois les choses n'en res-

taient pas à ce sourire muet. Deux ou trois ré-
pliques brèves, sans signification pour moi,
étaient échangées, après lesquelles, dès que la
retraite était possible, le baron se cantonnait
chez lui comme un général en chef qui, entouré
de forces supérieures, manœuvre sur un terrain
défavorable. A des intervalles éloignés, il quittait Vaudelnay pour quelques jours, sous prétexte de chasse ou de pêche dans le domaine de
quelqu'un des rares amis qu'il possédait. Selon
toute évidence, il était pauvre et il mettait une
sorte d'orgueil à le dire à qui voulait l'entendre.
Un de mes étonnements d'alors cette pauvreté !

— Comment l'oncle Jean peut-il être pauvre ?
Il mange et s'habille comme nous, habite le
même château, monte dans les mêmes voitures,
— rarement il est vrai, — porte le même
nom !

Telle est une des questions qui s'agitaient
dans ma tête d'enfant et que j'aurais voulu
faire. Mais je la gardais pour moi, celle-là et
bien d'autres, sachant, par expérience, qu'on
ne m'accordait pas le droit d'interroger, et ne

pouvant déjà supporter ce qui m'est encore aujourd'hui l'épreuve la plus insupportable, le
refus opposé, par ceux que j'aime, à l'un de
mes désirs. Après tout, se taire n'est point une
chose si malaisée.

II

Tous les soirs, à Vaudelnay, vers le milieu du dessert « des maîtres », la cloche des repas se mettait en branle de nouveau et réunissait les domestiques du château dans la salle, dallée de pierres comme une église, qui leur servait de réfectoire. Cinq minutes après, ma grand'mère quittait sa place et traversait, suivie de nous tous, l'immense galerie qui séparait les appartements des communs. C'était, en hiver, un véritable voyage, plein de dangers à cause de la différence des températures et des courants d'air, voyage qui nécessitait l'emploi de mille précautions diverses sous forme de cache-nez, de douillettes, de mantilles de laine et de couvre-chefs, suivant les sexes et les âges. La galerie traversée, le cortège débouchait majestueusement dans une vaste pièce, où le couvert des gens était mis sur une longue table, éclairée de deux lampes primitives en étain, composées d'une mèche brûlant dans un récipient plein d'huile. Toute la cohorte des domestiques, une quinzaine de personnes environ, nous attendait debout. La famille s'agenouillait sur des chaises de bois, le long du mur jauni par la fumée, tournant le dos à la table. De l'autre côté de celle-ci, les serviteurs se rangeaient, à genoux sur le pavé, ayant devant eux, au premier plan, l'alignement des assiettes de faïence et des pots de grès, au second les dos respectables des Vandelnay de trois générations, succédant à tant d'autres qui, sans doute, avaient prié au même endroit et dans le même appareil depuis quatre ou cinq siècles.

Mon grand-père récitait à haute voix les oraisons et les litanies ; maîtres et domestiques répondaient en chœur, fort dévotement. Puis, le signe de croix final tracé sur les fronts, il y avait quelques minutes de colloque entre cer-

tains membres de la famille et les chefs de service, comme on pourrait les appeler; car les
simples soldats de la domesticité (groom, la-
veuse de vaisselle, fille de basse-cour, aide de
lingerie) disparaissaient dans les coins jusqu'au
moment où la soupe, déjà fumante dans
l'énorme soupière, était distribuée aux convives par la puissante main de la cuisinière.
Pendant ces minutes qui tenaient lieu du *rapport* au régiment, la journée du lendemain
s'arrangeait. Mon grand-père conférait avec le
garde ; ma grand'mère donnait un dernier
ordre à la femme de charge; mon père com-
mandait au cocher les sorties du jour suivant;
ma mère causait fleurs et fruits avec le jardinier, mon ennemi, qui m'avait juré ses grands
dieux le matin qu'il me dénoncerait le soir, et
ne me dénonçait jamais, l'excellent homme!
Mais quels moments d'angoisse et comme je
comprenais les regards de ce tyran qui me
tenait sous sa merci! Parfois mon grand-père
élevant la voix annonçait officiellement un événement de famille, recommandait la sagesse à
la fête du village pour le lendemain, déplorait

un malheur survenu dans quelque ferme :
grêle, épidémie de bétail, fils aîné tombé au
sort.

— Allons! bonsoir, mes amis! concluait-il
les jours où il était en belle humeur.

Et l'on entendait cette réponse, formulée
presque à voix basse, dans un murmure respectueux :

— Bonsoir, monsieur le marquis.

Nous regagnions alors le salon, à travers la
Sibérie du long corridor où grelottaient les
chevaliers sous leurs cuirasses et les dames
sous leurs baleines. Près du grand feu, nous
retrouvions mes tantes qui n'avaient point
d'ordres à donner, les pauvres! ne possédant,
en ce monde, — j'ai su pourquoi depuis, —
que ce qu'elles recevaient, comme une chose
toute simple, de la fraternelle générosité de
mon grand-père.

Nous y retrouvions aussi l'oncle Jean, qui
n'assistait jamais à la prière, circonstance tellement grosse de mystère à mes yeux, que je
n'avais jamais eu le courage de faire aucune
question sur ce sujet redoutable. Mais, si je ne

disais rien, j'observais davantage, et les faits
qui frappaient mes yeux ne laissaient pas de
me rendre perplexe quant à l'orthodoxie de
l'oncle Jean.

Le dimanche, il est vrai, jamais on ne l'avait
vu manquer la messe, dont il attendait le dernier coup avec impatience, car il avait la
manie d'être toujours prêt une demi-heure
trop tôt. Mais il dormait au sermon, et Dieu
sait qu'il fallait une forte propension au sommeil pour le goûter sur le chêne poli par les
siècles du banc armorié de la famille.

Au bout de vingt minutes, régulièrement,
l'oncle Jean s'éveillait, circonstance qui coïnci-
dait en général avec la péroraison peu variée de
l'homélie. Que si notre bon curé s'oubliait en
son éloquence, M. le baron tirait de son gousset
une montre énorme, dont la répétition s'entendait d'un bout de l'église à l'autre, et la faisait
sonner impitoyablement.

A ce signal connu, qui faisait frémir toute la
pieuse assemblée, le pauvre abbé Cassard se
hâtait de regagner l'autel, nous laissant tous,
quelquefois, aux prises avec la tempête, sans se

donner le loisir de nous conduire au port sacré dont, heureusement, nous savions tous le chemin.

Invariablement, du samedi de la Passion au lundi de Quasimodo, cet auditeur récalcitrant disparaissait, sans que l'on pût dire quel était le but de son voyage, et, grâce à cette circonstance, il était impossible de répondre d'une manière pér mptoire à cette question :

— L'oncle Jean fait-il ses Pâques?

Toutefois le curé du village, qui dînait au château tous les dimanches, le traitait avec considération, voire même avec respect. Chose plus remarquable encore, durant la partie de boston qui s'organisait ce jour-là en sortant de table, et dont je ne voyais jamais que le commencement, ainsi qu'on pense, mon oncle ne ménageait pas les invectives les plus sévères à l'abbé Cassard quand il l'avait pour partenaire. Car le baron était célèbre dans toute la province pour avoir appris et joué le whist en Angleterre, de même que pour avoir étudié la valse en Allemagne et la peinture en Italie.

— Malgré tout, me disais-je, un pêcheur endurci ne saurait inspirer tant d'estime à un prêtre et, surtout, il n'oserait le tancer aussi vertement pour avoir coupé sa carte maîtresse.

III

J'allais sur mes douze ans, et ce même curé
me préparait à ma première communion en
même temps qu'il m'enseignait les éléments du
latin et du grec, lorsqu'arriva le premier événement sérieux qui eût troublé, depuis ma
naissance, la paix tant soit peu monotone où
dormaient le château et ses habitants.

Un matin, bien que le samedi de la Passion
fût encore très éloigné, la place de l'oncle Jean
resta vide à table, et je fus informé qu'il était
parti pendant la nuit pour l'Angleterre. Toute
la journée la famille fut en proie aux préoccu-
pations les plus vives. Mon grand-père semblait tout à la fois fort courroucé et fort atten-

dri; ma grand'mère et ses belles-sœurs avaient les yeux rouges et faisaient de grands soupirs. Elles passèrent la moitié du temps prosternées devant l'autel de la Vierge, à côté duquel un grand cierge de cire était allumé.

Fidèle à mon système, je m'abstins de toute question, mais j'attendais avec impatience l'heure de la prière, supposant que nous aurions un message du gouvernement, c'est-à-dire une communication quelconque adressée par mon grand-père à l'assistance.

Il me revient encore aujourd'hui un léger frisson, quand je pense à ce que fut, ce soir-là, notre dîner de famille dans la grande salle à manger déjà rafraîchie par les premières aigreurs de novembre. Ce n'était pas, comme on pourrait le croire, que chacun restât en contemplation devant son assiette vide. Les Vaudelnay, de vieille et forte race, n'avaient rien de commun — surtout alors — avec les névrosés de l'époque actuelle, dont l'appétit s'en va s'ils ont perdu cent louis aux courses, ou si quelque belle dame les a regardés d'un œil moins clément. Nous mangions, Dieu merci! Mais nous mangions au milieu d'un silence de mort, troublé seulement par les craquements du parquet gémissant sous les chaussons de lisière des domestiques. Les *ancêtres* étaient absorbés à ce point que je pus, — chose qui ne m'était jamais arrivée, — refuser des épinards sans m'attirer cette argumentation entachée de sophisme, devant laquelle, tant de fois, j'avais cédé, non sans appeler de tous mes vœux l'âge de mon émancipation :

— Si tu ne manges pas d'épinards, c'est que tu n'as plus faim. Si tu n'as plus faim, tu ne mangeras pas de dessert.

Ironiques inconséquences de la nature humaine ! Je suis majeur, hélas ! depuis trop longtemps... J'adore les épinards, et le dessert n'a plus d'attraits pour moi. Il est achevé à tout jamais, le dessert de ma vie !

Le dîner se termina, comme à l'ordinaire, par ce bruit de cascades qui, à cette époque, déshonorait encore les tables des gens bien élevés, et nous partîmes pour « la Sibérie » dans un appareil dont la gaieté rappelait celle du fils de Thésée lors de la dernière promenade de l'in-

fortuné prince. Le long du chemin, ma grand'-
mère adressa la parole à son mari sur le ton de
la prière, sans beaucoup de succès, autant que
je pus le voir. J'entendis qu'elle insistait :

— Mais après tout, mon ami, c'est une chrétienne et c'est notre nièce !

Dans l'office tout se passa selon le rite habi-
tuel. Toutefois, après la dernière oraison, au
lieu de faire le signe de croix final, mon grand-
père demeura quelque temps penché sur sa
chaise. On aurait dit qu'il luttait contre lui-
même. Tout à coup, relevant la tête, il dit d'une
voix moins assurée :

— Nous allons réciter un *Pater* et un *Ave* pour
la guérison de... d'une malade de la famille.

Ce fut tout. Mais au bruit de mouchoirs qui
s'éleva derrière nous parmi les domestiques du
sexe faible, je compris que le jeune Antoine-
René-Gaston de Vaudelnay était le seul à ne pas
savoir de quelle malade il s'agissait.

D'autres, à ma place, n'auraient pu se tenir
plus longtemps de faire des questions. Pour
moi, dont les meilleurs amis critiquent le caractère opiniâtre, le résultat fut tout différent.

J'aurais vu démolir pierre par pierre le château
sans ouvrir la bouche pour demander la cause
du cataclysme. Au fond, je m'attendais à ce
que les explications viendraient d'elles-mêmes,
en quoi je me trompais. Évidemment mon fier
silence faisait les affaires de tout le monde.

Deux autres jours se passèrent ainsi, avec de
nouveaux cierges de cire à l'église et de nouveaux *Pater* à la prière du soir. Le troisième
jour, un télégramme arriva d'assez bon matin,
et toute la famille, sauf moi bien entendu, se
réunit presque aussitôt dans le cabinet de ma
grand'mère, fait absolument sans exemple, car,
entre l'heure de la messe et celle du déjeuner,
le sanctuaire ne s'ouvrait pour personne sauf la
cuisinière, la femme de charge, le charretier
chargé des commissions à la ville, et les reli-
gieuses du village préposées au soin des ma-
lades et des pauvres. Mais, ce jour-là, toutes nos
habitudes semblaient bouleversées. Le déjeuner
fut retardé d'un gros quart d'heure, et ma mère
partit pour Poitiers après une longue conversation avec sa belle-mère et ses tantes. Mérinos,
crêpe, drap noir, couturière, modiste, gants de

filoselle, ces mots significatifs avaient frappé
mes oreilles pendant une heure. Quelqu'un de
proche était mort, mais qui ? Ce n'était pas mon
oncle, car j'avais entendu cette phrase prononcée par ma grand'mère :

— Je pense que ce pauvre Jean va revenir
tout de suite.

Le soir, à la prière, mon grand-père dit, pour
toute oraison funèbre :

— Nous allons réciter un *De profundis*
à l'intention de ma nièce qui sera enterrée
demain en Angleterre.

A ce seul mot de *De profundis,* quelques san-
glots éclatèrent discrètement, mais non pas
chez « les maîtres ». Selon toute apparence,
ma grand'mère et mes tantes avaient pleuré
toutes leurs larmes en leur particulier, car leurs
yeux étaient fort rouges. D'ailleurs, s'abandonner à l'émotion devant les domestiques, c'était
une petitesse dont l'idée ne leur serait pas
venue.

Quant à moi, je savais à cette heure qu'une
mienne parente venait de mourir en Angleterre ; mais c'était tout. Le degré de la parenté,

le nom, l'âge, l'état civil de la défunte, autant de mystères pour moi. Au fond du cœur, j'étais révolté de cette ignorance où l'on me laissait. Le soir, en me déshabillant, ma mère me fit essayer un costume de deuil. A ce coup, je ne pus y tenir plus longtemps.

— Ce sera sans doute la première fois, dis-je d'un air sombre, que l'on verra quelqu'un prendre le deuil sans savoir le nom de la personne qui vient de mourir.

— Comment! s'écria ma mère. Personne ne t'a rien dit?

— Non, répondis-je; mais je ne demande rien. Que les autres gardent leurs secrets; moi je garderai les miens, quand j'en aurai.

Dieu sait que la menace, de longtemps, n'était pas dangereuse. Néanmoins ma mère, prise d'émotion, de remords peut-être, m'attira sur ses genoux et m'embrassa.

— Mon cher enfant! s'écria-t-elle, on ne t'a rien dit! C'est que, vois-tu, nous avons tous été si... si troublés... à cause du pauv.e oncle Jean.

— Mais enfin, qui est mort? demandai-je,

2.

renonçant pour [cette fois à mon expectative hautaine.

— C'est sa fille qui est morte.

— L'oncle Jean était marié ?

Ma pauvre mère leva les yeux vers le ciel avec l'angoisse d'un pilote égaré parmi les écueils, cherchant sur la côte la lueur salutaire du phare.

— Il a été marié longtemps, répondit-elle. Ta tante est morte, ne laissant qu'une fille, celle qui vient de mourir à son tour.

— Comment donc, demandai-je, résolu à tout savoir pendant que j'y étais, comment donc se fait-il qu'on ne m'ait jamais parlé de la vie ni de la mort de ma tante ? Comment s'appelait-elle ? Ne demeurait-elle pas à Vaudelnay ?

L'idée d'un membre quelconque de la famille habitant ailleurs qu'au château, mais, par-dessus tout, l'idée de l'oncle Jean marié, père, me plongeaient dans une surprise qui restera l'une des plus considérables de ma vie. Ma mère me répondit :

— Ton oncle avait épousé une jeune fille italienne dans un de ses voyages. Ta tante n'est jamais venue ici. Personne de la famille ne l'a jamais vue.

— Mais sa fille, celle qui vient de mourir ? demandai-je.

— Celle-là non plus. Il ne faut pas en parler, surtout à ton oncle, quand il sera de retour.

J'ouvrais déjà la bouche pour un *pourquoi* passablement justifié, il faut en convenir, mais je devinai sur le visage de ma mère un tel sentiment de contrariété à la seule idée de cette question prévue, que je renonçai à en savoir davantage pour le moment. D'ailleurs, ce qui se passait depuis quatre jours, ce que j'avais appris ce soir-là était déjà pour mon esprit une pâture suffisante. Enfin j'avais pour ma mère une véritable adoration, et la crainte de lui déplaire, à défaut de la discipline sévère où j'étais élevé, m'aurait fermé la bouche. Feignant un calme que je n'avais guère, je répondis :

— C'est bien, maman, je ne dirai rien. Soyez tranquille !

Un de ces bons baisers, tant regrettés à l'heure où ils manquent, me récompensa de ma soumission, et je fis semblant de m'endormir.

Mais, de toute la nuit, je ne pus fermer l'œil,
et, dans l'obscurité de ma chambre d'enfant, je
voyais toujours « la femme de l'oncle Jean »,
l'Italienne qu'aucun membre de la famille
n'avait jamais connue. Je me la figurais, d'après
une gravure d'un de mes livres, très brune,
avec de grands yeux noirs et de lourdes nattes
retenues par les boules d'or de deux épingles.
Je l'apercevais distinctement, avec sa serviette
pliée en carré sur sa tête, son collier de corail
au cou, son corsage blanc aux manches bouf-
fantes, et le panier rempli de fleurs qu'elle portait, sans doute pour son agrément, car il m'était
impossible d'admettre que la baronne de Vaudelnay vendît des roses comme la première
Transtévérine venue.

Au jour naissant, le sommeil s'empara de moi
pour une heure, et lorsqu'on vint me réveiller
pour la messe, qui réunissait chaque matin la
plupart des habitants du château, il me sembla
que je sortais d'un rêve compliqué et fatigant. /
Mais en voyant, un quart d'heure plus tard, des
flots d'étoffe noire s'engouffrer dans le banc de
famille, en apercevant les ornements funèbres

sur les épaules du curé, dont j'étais régulièrement l'acolyte, il me fallut bien me rendre à
l'évidence.

D'ailleurs, sauf l'absence de l'oncle Jean, la
couleur de nos costumes et une recrudescence
effroyable dans la sévérité de la discipline, rien
n'indiquait que les Vaudelnay venaient de
perdre un des leurs, et ma pauvre cousine, —
j'aurais eu bien de la peine à la désigner par son
prénom, — ne faisait guère plus de bruit après
sa mort qu'elle n'en avait fait pendant sa vie.

Mais cette tranquillité trompeuse ne devait
pas durer longtemps.

IV

Deux jours après, une heure avant le dîner,
la nuit déjà tombée, j'étais dans le vestibule,
occupé à la manœuvre de mes soldats de plomb,
lorsqu'une voiture s'arrêta devant la porte. Au
bruit des grelots fêlés, j'avais reconnu un cara-
bas de louage de la ville ; je sortis précipitam-
ment, laissant mes troupes se tirer d'affaire
toutes seules, pour savoir qui venait chez nous
si tard sans être attendu. J'avais oublié tout à
fait l'oncle Jean, disparu déjà depuis plus d'une
semaine. C'était lui, mais j'eus peine à le reconnaître sous les manteaux et les cache-nez qui le
couvraient. Aussi bien, depuis que je savais
son histoire, un peu superficiellement, il faut

l'avouer, il me semblait que ce n'était plus le même homme. Ce fut donc avec une sorte de timidité que je m'avançai vers lui pour lui souhaiter la bienvenue; mais il parut à peine faire attention à moi.

— Bonsoir, bonsoir ! me répondit-il en me tournant le dos, pour prendre dans les profondeurs ténébreuses de la voiture un paquet lourd et volumineux que lui tendit une ombre à peine visible.

Il monta, non sans un peu d'effort, les marches du perron, tandis que l'ombre, une ombre féminine autant qu'on pouvait en juger, mettait pied à terre à son tour.

— Ouvre-moi la porte du salon, commanda-t-il d'une voix brève.

J'obéis; nous entrâmes dans la vaste pièce à peine éclairée par une lampe brûlant sous son abat-jour au milieu de l'immense table. Mon oncle se dirigea vers un canapé, y déposa son fardeau, écarta quelques plis d'étoffe et j'aperçus, on devine avec quelle surprise, une petite fille endormie.

J'eus peine à retenir un cri d'effroi, d'abord

parce que l'enfant, dans une immobilité rigide,
avait l'air d'une morte, et ensuite parce que
mon pauvre oncle, cité dans toute la province,
huit jours plus tôt, pour sa verdeur étonnante,
semblait avoir tout à coup vieilli de vingt ans.
Il était brisé, courbé, déformé, pour ainsi dire,
comme il arrivait à mes soldats de plomb
lorsque, d'aventure, mon pied se posait sur
eux. Son beau visage, naguère si plein d'une
énergie que certains jugeaient trop hautaine,
s'était détendu comme un masque mouillé. On
n'y lisait plus qu'une sorte d'humilité douloureuse, un doute de soi-même et de toutes
choses, navrants même pour un observateur
aussi peu profond que je l'étais alors. Je restais
là, les yeux et la bouche ouverts, ne sachant
que dire et que faire, plus attristé que curieux,
sentant que j'allais fondre en larmes si la situation se prolongeait encore une minute. Fort
heureusement mon oncle y mit fin en me disant d'une voix qui me parut très dure :

— Monte chez ta grand'mère et prie-la de
venir ici toute seule; toute seule, tu entends ?
Vas vite, ne dis rien de plus.

J'escaladai l'immense escalier en quelques
bonds. Je me sentais devenir à la fois très
grand, à cause du rôle que le hasard me donnait dans ce qui me paraissait un drame à peine
vraisemblable, et très petit par le sentiment que
j'avais de mon inexpérience et de ma faiblesse
en face de ces événements inouïs.

— Grand'mère, m'écriai-je tout essoufflé, oubliant un peu l'étiquette respectueuse qui était
de règle à Vaudelnay, il faut descendre au salon,
tout de suite, tout de suite ! Et surtout n'amenez
personne. Ah! mon Dieu ! si vous saviez !...

Une jeune femme, à ce message délivré si
prudemment, serait tombée dans une crise de
nerfs. Mais ma vaillante aïeule en avait vu
bien d'autres, comme beaucoup de ses contem-
poraines. Elle se leva de son fauteuil, remit
dans sa poche quelque chose qui, sans doute,
était son chapelet, et m'examinant de la tête aux
pieds, me demanda :

— Qu'y a-t-il donc ? Une visite ?

— L'oncle Jean ! répondis-je en mettant un
doigt sur mes lèvres, et en parlant presque à
voix basse.

3

Là-dessus je m'éloignai, ou pour mieux dire je m'enfuis, trouvant que c'était encore le meilleur moyen de n'être pas obligé de « dire autre chose ». Dans le fond de moi-même, j'étais assez flattté de renverser les rôles. A cette heure, c'était moi qui laissais les autres se creuser la tête et qui refusais de répondre à leurs questions.

Pour être franc, j'avais peu de mérite à ne pas y répondre. D'où tombait cette petite fille endormie? Au retour de chacun de ses voyages, l'oncle Jean, — c'était une habitude chez lui, — rapportait à Vaudelnay quelque animal exotique, généralement assez mal reçu. Serins de Hollande, marmottes des Alpes, chiens des Pyrénées, tortues d'Égypte, singes d'Algérie, j'avais vu successivement tous ces échantillons du règne animal sortir de ses bagages. Mais une petite fille! c'était du nouveau, et tout en redescendant l'escalier sans fermer les portes derrière moi, — décidément nous étions en pleine anarchie, — je me demandais :

— Va-t-on lui faire, à elle aussi, une cage où

j'irai lui porter du lait et des cœurs de laitue, à l'heure de mes récréations ?

Quand je rentrai dans la pièce, la nouvelle acquisition de l'oncle Jean dormait toujours, et son propriétaire, agenouillé devant le canapé, la dévorait des yeux. De temps en temps il échangeait des sons inintelligibles avec une femme d'aspect modeste, encore jeune, coiffée d'un objet bizarre en paille noire, qui se tenait debout, le regard fixé sur l'enfant, sans faire plus d'attention à ce qui l'entourait, voire même à mon humble personne, que si elle eût été là depuis dix ans. L'oncle Jean, à la fois radieux et absorbé, semblait ravi dans l'extase de la prière, et je ne pus m'empêcher de me dire que je ne l'avais jamais vu si dévot, même le dimanche, au moment de l'élévation de la messe.

Nous étions là, rangés comme les animaux de la Crèche autour de l'enfant Jésus, quand ma grand'mère fit sont entrée. Mon oncle resta comme il était, mais il fit un quart de conversion sur ses genoux, si bien que ce fut à la châtelaine de Vaudelnay qu'il semblait, à cette heure, adresser sa prière.

— Ma sœur, dit-il, d'une voix très douce, presque craintive (et cependant je voyais le sillon tracé par la balle dans le crâne de ce pusillanime), ma sœur, *elle* avait une petite fille. Voulez-vous, pour la grâce du bon Dieu que vous aimez tant, recevoir chez vous la pauvre orpheline sans abri?

J'ai vu depuis, dans plus d'un œil féminin, les éclairs des passions, des tendresses, des enthousiasmes qui peuvent y luire, effrayantes ou sublimes. Jamais je n'ai vu la bonté, la compassion, la charité avec sa douce flamme, embellir à ce point un visage resté plein de grâce sous ses cheveux blancs. O grand'mère, comme je vous remercie d'avoir fait comprendre à ma jeune tête blonde ce que ma vieille tête grise croit encore aujourd'hui, elle qui a désappris tant d'autres articles de foi du symbole humain !

Oui, toutes les raisons qui peuvent nous faire tomber à genoux devant les femmes, la meilleure de toutes est leur bonté — quand elles sont bonnes.

On n'arrive pas à onze ans, même dans un

château du Poitou sous la deuxième république, sans avoir lu beaucoup d'histoires d'enfants recueillis par des âmes charitables, et Dieu sait qu'il n'existait pas, de Tours à Angoulême, une chrétienne plus charitable que la marquise de Vaudelnay. Je m'attendais donc, surtout après le regard que je viens de décrire, à voir ma grand'mère étreindre sa petite nièce dans ses bras, car je comprenais bien que c'était la petite-fille de mon oncle, ma cousine issue de germains, qui dormait là d'un sommeil déjà résigné, comme un agneau séparé le matin de sa mère. J'avais envie de crier à mon oncle :

— Mais relevez-vous donc ! On dirait que vous demandez quelque chose de difficile !

Probablement que le pauvre baron savait mieux que moi la difficulté de ce qu'il demandait, car il restait à genoux, un œil sur le visage de l'enfant où les premières contractions du réveil se manifestaient, l'autre sur ma grand'mère qui, à cette heure, semblait réfléchir. Ah ! si l'on m'avait dit la veille que « notre maîtresse », ainsi que l'appelaient les villa-

geois, aurait eu besoin de *réflexion* pour
accueillir non pas une pauvre orpheline sortie
du sang des Vaudelnay, mais la fille de la plus
inconnue des mendiantes !

Comme si elle avait voulu gagner du temps,
ma grand'mère fit cette question que je ne pus
m'empêcher de trouver au moins inutile dans
la circonstance :

— Mon pauvre Jean, pourquoi ne nous avez-
vous pas dit qu'*elle* avait une fille ?

L'oncle répondit en serrant les mâchoires,
comme s'il avait broyé ses paroles avant de les
laisser sortir :

— Tout simplement parce que je n'en savais
rien.

— Pauvre mignonne ! Elle vous ressemble.

J'avais toujours considéré les jugements de
ma vénérable aïeule comme infaillibles ; mais,
cette fois, le doute pénétra dans mon âme. Si
ce petit visage rose entouré de cheveux noirs
emmêlés ressemblait à cette figure aux tons de
parchemin, coupée durement d'une moustache
grise, surmontée d'une chevelure taillée en
brosse, on pouvait aussi bien dire que je rap-

pelais les diables cornus sculptés dans le por-
tail de Sainte-Radegonde.

— Attendez-moi, dit soudain ma grand'-
mère; je vais parler à celui qui est le maître
ici. Espérons qu'il cédera.

Sur ces entrefaites, l'enfant s'était éveillée et
tournait autour d'elle, sans remuer la tête, des
yeux effarés, si noirs qu'on aurait dit deux
petits globes de charbon nageant dans deux
cuillerées de lait. Mon aïeule demanda :

— Comment se nomme la petite?

— Rosamonde.

Je vis que ce nom bizarre ne produisait pas
une impression excellente sur celle qui l'entendait. Néanmoins la châtelaine se penchait
tendrement sur sa petite-nièce pour l'embrasser,
lorsque l'enfant, à la vue de ce visage inconnu
qui s'approchait du sien, se mit à pousser des
cris de Mélusine.

— Pour l'amour du ciel, faites-la taire !
s'écria ma grand'mère en se retirant, un peu
découragée.

Moi je pensais :

— Rosamonde, ma chère, vous faites une

fameuse bêtise pour vos débuts à Vaudelnay.
Ne pas vouloir embrasser grand'mère !

Déjà la femme au chapeau de paille noire
s'était approchée de sa pupille et cherchait
à l'apaiser, en lui parlant dans cette même
langue mystérieuse.

— Attendez-moi, répéta mon aïeule. Je vais
parler à mon mari. Toi, Gaston, vas travailler
à tes devoirs jusqu'au dîner.

V

Tout en faisant semblant de travailler, je prêtais l'oreille pour deviner le sort de la pauvre Rosamonde, mais le château était si grand qu'on aurait pu donner un bal à une extrémité, et célébrer des funérailles à l'autre, sans que les invités respectifs à chacune des cérémonies en éprouvassent la moindre gêne.

Toutefois quand j'entrai dans la salle à manger, une bonne heure plus tard, je crus comprendre que tout était arrangé pour le mieux. A l'autre bout de la longue table, en face de ma chaise, un fauteuil d'enfant très haut sur pieds, ma propriété d'autrefois, supportait déjà mademoiselle Rosamonde. Et telle était la discipline

3.

sévère de Vaudelnay que tout le monde prit sa
place sans paraître faire attention à la nouvelle
venue qui, tout au contraire, dévisageait avec
une sorte d'effroi — silencieux, Dieu merci ! —
toutes ces figures inconnues. Elle mangeait sans
rien dire, d'assez bon appétit, servie par sa gouvernante, couvée à la dérobée par les regards de
huit paires d'yeux ou plutôt de sept, car le chef
de la famille ne tourna pas une seule fois le
visage du côté de la pauvrette. A la fin, elle prit
le parti de s'endormir, à mon grand effroi, car
je savais par expérience de quels châtiments une
pareille infraction aux convenances était punie.
J'aurais voulu être à côté d'elle pour la pincer
et lui épargner les désagréments qui l'attendaient. Mais il faut croire que, pour ce premier
soir, l'amnistie était prononcée d'avance, car
personne n'eut l'air de rien voir. Le moment
venu de se rendre à l'office pour la prière, mon
oncle dit quelques mots en anglais — j'ai fait depuis de sérieux progrès dans cette langue — à
la gouvernante de sa petite-fille, qui fut douce
ment tirée de son sommeil. Tous trois, alors, se
dirigèrent vers la porte de droite qui conduisait

aux appartements, tandis que le reste de la
famille gagnait la porte de gauche, celle de la
galerie. A ce moment, la crise reculée ou dissimulée jusqu'à cette heure éclata, lorsque personne ne l'attendait. Mon grand-père s'arrêta
court, se tourna vers le groupe des dissidents
et d'une voix d'autorité qu'on entendait rarement, que je n'entendais jamais sans frissonner
de tous mes membres, il demanda :

— Pourquoi cette enfant ne vient-elle pas
prier avec tout le monde ?

Un léger tressaillement se fit voir sur les
traits de l'oncle Jean, comme à l'approche d'un
danger. Il répondit ces paroles qui tombèrent
lourdement au milieu du silence général :

—· Parce qu'elle est protestante, mon frère.

On peut être certain, dans le sens le plus rigoureux du mot, que les murs du château
n'avaient rien entendu de semblable jusqu'à cette
heure. Dieu me garde de réveiller des souvenirs
sur lesquels vont s'entasser rapidement, désormais, les couches de poussière des générations devenues indifférentes. Si j'ai lieu d'être
fier de l'histoire des Vaudelnay à toutes les épo-

ques, je ne crains nullement d'avouer que j'en
effacerais de bon cœur plus d'un épisode, par
trop accentué dans le sens contraire aux prin-
cipes religieux professés alors par la pauvre Rosamonde. Mes aïeux avaient la main lourde
quand ils estoquaient au nom du roi; mais
quand la religion se mettait de la partie, leur
main devenait massue, et gare à qui passait à
portée des coups! En ces temps-là je n'aurais
pas donné une drachme de la vie d'un des
nôtres, s'il eût osé faire, en face du chef de la
famille, une profession de foi du genre de celle
que je venais d'entendre.

Pour tout le monde, le siècle avait marché et
le règne de Louis-Philippe, sur bien des points,
n'avait eu que des rapports éloignés avec ceux
de Charles IX et de Louis XIV. Mais mon grand-
père en était encore, lui, à peu de chose près, à
la révocation de l'Édit de Nantes, car, depuis la
prise de la Bastille survenue quand il avait vingt-
cinq ans, l'horloge de l'histoire semblait s'être
arrêtée chez nous, comme il arrive dans les
maisons secouées par un tremblement de terre.

Il est probable que le cher vieillard ne fut

guère plus ébranlé par la nouvelle du supplice de Louis XVI qu'il ne le fut ce soir mémorable où il apprit que la petite-fille de son frère était protestante. Il va sans dire que j'étais incapable de faire alors les réflexions qui précédent. Mais je sens encore aujourd'hui le frisson qui passa dans mes épaules au regard que le chef de ma famille jeta sur l'innocente renégate. Heureusement, dans cette génération, l'on restait maître de ses nerfs même en présence de l'échafaud.

Mon grand-père ne dit pas un mot ; sans doute parce qu'il sentait sur ses lèvres un mot irréparable et qu'il voulait se recueillir avant de rendre sa sentence. La troupe fidèle reprit sa route vers la terre promise de l'office où l'on allait prier, précédée, en guise de colonne de feu, par le vieux François portant une des lampes. Le trio rebelle continua sa route vers le désert du salon et, comme j'étais d'assez grande force en histoire sainte, je ne pus m'empêcher de comparer le sort de mon oncle à celui d'Agar, disparaissant avec son fils dans la profondeur des solitudes désolées.

La prière eut lieu comme à l'ordinaire, sauf que l'examen de conscience fut prolongé par mon grand-père dans des proportions absolument invraisemblables. N'ayant pas, à cette époque, une provision d'iniquités suffisante pour m'occuper si longtemps, je pensais à ma jeune cousine.

— Pauvre petite ! me disais-je. Comme il est dur de penser qu'elle grillera dans l'enfer pendant l'éternité, de compagnie avec le chapeau de paille noir de sa bonne, tandis que j'aurai en partage les joies du paradis, moi et tous ceux qui sont agenouillés là, par terre ou sur des chaises, même le jardinier mon ennemi auquel, je l'espère du moins, Dieu fera la grâce de pardonner avant sa dernière heure !

Ainsi qu'on peut le voir, je n'étais pas, en théologie, de l'école des liguoristes, puisque je damnais la pauvre Rosamonde sans aucune rémission, sur sa seule qualité d'hérétique. Mais son sort en ce bas monde était moins facile à régler.

— Jamais, pensais-je tristement, on ne lui permettra de passer la nuit sous le même toit que nous. Que deviendra-t-elle? Sur quelle pierre, sous l'abri de quel buisson reposera-t-elle sa tête? Aussi, quelle idée d'être protestante!

Je revins au salon avec tout le monde, le cœur affreusement serré, m'attendant à quelque exécution terrible. Heureusement nous ne trouvâmes dans le désert du grand salon ni Agar ni Ismaël, c'est-à-dire ni l'oncle Jean, ni la petite Rosamonde, ni sa bonne. Je dois même dire, pour rendre justice à tout le monde, que ma satisfaction sembla partagée par toute la famille, à commencer par mon grand-père. Malgré tout ce que j'ai dit, le saint vieillard aurait été le plus malheureux des hommes, j'en suis sûr, s'il avait dû, cette nuit-là, recommencer la Saint-Barthélemy pour son compte, en mettant sa petite-nièce à la porte. Les autres membres de la famille, même les *ancêtres*, n'étaient pas plus fanatiques, aussi personne n'eut garde de faire la moindre allusion aux drames de la soirée. Pour ma part, je n'en soufflai mot à être vivant jusqu'à l'heure, bientôt venue, où je me trouvai seul avec ma vieille Justine.

—Où est-*elle?* demandai-je tout bas, comme si nos murs n'avaient pas eu, pour être sourds, les meilleures raisons du monde.

—Pauvre petite! elle dort déjà. *Madame la Mère* lui a fait préparer un lit au deuxième étage de la petite tour, au-dessus de l'appartement de M. le baron. Nous sommes toutes allées la voir par l'escalier dérobé, mais M. le baron monte la garde à sa porte et ne veut laisser entrer personne. Il ressemble à un lion qui défend ses petits.

Je me demande où Justine avait jamais pu voir un lion dans l'exercice de ses fonctions paternelles, mais cette comparaison vigoureuse ne laissa pas de me frapper vivement l'imagination. Toute la nuit je rêvai de Rosamonde. Je la voyais dormir sous un arbre bizarre qui était sans doute un palmier, gardée par un monstre à crinière qui avait les yeux noirs et la moustache en brosse de l'oncle Jean.

Au moment où j'écris ces lignes, elle repose encore, la chère créature, non loin de la petite tour où elle dormit si bien cette nuit-là, et c'est toujours l'oncle Jean qui la garde...

Que de douleurs et que de joies, que de larmes et que de sourires ont passé entre ces deux
sommeils! Pauvre cher oncle Jean! veillez bien
sur l'orpheline en attendant qu'un autre aille
prendre place et faire bonne garde, lui aussi,
près de celle qui fut tant aimée!

VI

Les gouvernements forts ne laissent rien voir à l'extérieur des crises qui, fatalement, les troublent quelquefois, sans atteindre leurs organes essentiels. Répressions vigoureuses, prudentes concessions, réformes prévoyantes, tout s'accomplit sans bruit, sans agitation, sans efforts, et l'apparition même de personnages nouveaux n'inspire aux citoyens qu'une curiosité bienveillante.

Ainsi se passaient les choses à Vaudelnay. Je n'ai jamais su et ne saurai jamais quelles explications furent échangées entre l'oncle Jean st son frère. La discussion fut-elle violente, ou l'autorité souveraine céda-t-elle facilement? Les

conseillers de la couronne eurent-t-ils besoin
d'intervenir? Les échos du cabinet de ma
grand'mère, endormis depuis longtemps, pourraient seuls me l'apprendre aujourd'hui, car ce
cabinet avaitdesportes épaisses, et *les ancêtres*,
dans les moments les plus chauds, parlaient
toujours sur le ton discret de la bonne compagnie. Tout ce que je puis dire, c'est que le
lendemain, sur le coup d'onze heures, le baron
vint prendre sa place à table tenant Rosie par
la main et suivi de l'inévitable Lisbeth.

Ce diminutif aussi anglais que salutaire de
Rosie, employé dès lors par mon oncle quand
il adressait la parole à sa petite-fille, fut adopté
immédiatement par les *jeunes*, c'est-à-dire par
mes parents et par moi. Il en fut de même pour
les domestiques, sauf pour la cuisinière, invariablement rangée du parti des *ancêtres*. Ceux-
ci, jusqu'à leur dernière parole ici-bas, n'ap-
pelèrent jamais leur jeune parente autrement
que Rosamonde, sans lui faire grâce d'une
lettre.

En y réfléchissant, — et je n'ai eu que trop
le temps de réfléchir depuis l'époque dont je

parle, — je me suis demandé si la pauvrette
n'aurait pas été plus heureuse, dans n'importe
quel asile d'enfants trouvés, qu'elle ne le fut à
Vaudelnay, du moins pendant les premières
semaines. Au vieux manoir, l'existence était
souvent sombre, même pour moi, l'enfant de
la promesse. Or mon grand-père et ses deux
sœurs professaient contre « l'Anglais » cette
haine féroce dont l'*autre haine*, celle qui nous
gonfle le cœur aujourd'hui, ne peut donner
qu'une légère idée. Joignez à cela que le seul mot
d'hérétique faisait luire à leurs yeux tout à la
fois les flammes de l'enfer, celles du bûcher de
Jeanne d'Arc, et, plus près de nous, les reflets
sanglants de l'incendie allumé à Vaudelnay par
l'amiral de Coligny, pendant les guerres de
religion du règne de Charles IX. Comme de
juste, dans ma jeune ardeur fraîchement avivée
par mes études historiques tant soit peu enta-
chées d'exclusivisme, je partageais ces doctrines
exaltées. Fort heureusement, ma grand'mère
était une sainte, incapable de haïr personne, et
mes parents, plus calmes par le seul fait d'ap-
partenir à une génération plus jeune, se main-

tenaient à l'écart de ma cousine dans une neu-
tralité compatissante.

Il n'en est pas moins vrai que s'il existait au
monde un coin de terre où la pauvre petite
n'aurait jamais dû mettre le pied, c'était Vaudelnay. Mais, apparemment, pour des raisons
inconnues de moi, mon oncle n'avait pas le
choix de la résidence de sa petite-fille. Il fallut
donc, de part et d'autre, se résoudre à une
cohabitation qui ressemblait, sous certains
rapports, à l'internement d'une colonne de
prisonniers de guerre sur le territoire ennemi,
ressemblance d'autant plus complète que Rosie
ne savait pas le premier mot de notre langue.
Au train où marchaient les choses, elle risquait
même d'arriver à sa majorité sans être plus
savante sous ce rapport, car mon oncle, qui
s'occupait chaque jour de son éducation
pendant plusieurs heures, mettait une sorte de
fierté et de rancune à ne jamais faire entendre
à la petite ni à sa bonne un seul mot de français.

Quant à moi, je ne l'apercevais guère qu'aux
heures des repas, du moins dans les premiers

jours. Elle mangeait peu, moitié, je pense, à cause de la terreur que lui inspiraient tous ces visages sévères et ridés, moitié parce que la cuisine de Vaudelnay, tout irréprochable qu'elle fût, différait essentiellement de celle que l'enfant avait toujours connue. Mais, si elle ne brillait pas par l'appétit, elle me surpassait encore par la correction de sa tenue, ce qui n'est pas peu dire. Une fois, même, je m'entendis réprimander par cette sévère apostrophe sortie de la bouche de mon grand-père :

— Je suis fâché de vous dire que vous êtes infiniment moins propre à table que votre cousine.

La tristesse, déjà consciente des choses, peinte sur cette physionomie enfantine — elle n'avait pas sept ans — faisait peine à voir. Bientôt Rosie se prit pour son grand-père d'une adoration fort naturelle à tous les points de vue. De temps en temps elle jetait sur lui un long regard qui remplissait ses yeux d'une tendresse humide, et je dois dire que l'oncle Jean lui rendait avec usure cette silencieuse caresse. Il semblait à la fois très sombre et très heureux;

nous ne l'apercevions presque plus ; sa vie se passait tout entière dans l'appartement de la petite tour, devenue l'asile de cette branche de la famille, ou, si le temps était beau, dans quelque coin mystérieux de l'immense parc. Là, il suivait pendant des heures avec une véritable dévotion les jeux calmes de l'enfant dans le sable des allées. Je les observais parfois avec un peu d'envie, sans oser troubler leur tête-à-tête tranquille. Quand la pelle de bois de l'enfant avait laissé des traces trop profondes, il fallait voir avec quel soin mélancolique l'oncle Jean, avant de regagner le château, réparait les dégâts.

— Nous ne sommes pas chez nous, semblait-il dire tout bas en courbant vers le sol sa longue taille amaigrie.

Mes sentiments personnels envers ma cousine furent longtemps ceux du plus profond dédain, car, ainsi que pour la plupart des garçons de mon âge, il était admis pour moi que « les filles » appartenaient à une catégorie inférieure d'êtres humains. Matin et soir, il est vrai, nous nous embrassions, Rosie et moi, comme nous embrassions tous les membres de la famille, ce qui portait à seize par jour le nombre des baisers que chacun de nous devait donner ou recevoir, sans compter les extras.

Mais quelle différence dans la manière dont nous accomplissions la cérémonie ! On aurait dit que cette caresse, toute machinale chez moi, était une aumône que je daignais accorder et que ma cousine recueillait avec reconnaissance. Quand mes lèvres allaient trouver la joue de l'enfant, elle fermait les yeux et semblait attendre pour voir si je ne doublerais pas la dose, idée fort naturelle qui me vint seulement plus tard, après que la glace fut brisée entre nous. Voici dans quelles circonstances.

Il va sans dire que j'avais « mon jardin », morceau de terre de cent pieds carrés où je cultivais des légumes, non pas des plus recherchés, mes relations tendues avec le jardinier ne me permettant pas de solliciter ses faveurs, et d'en obtenir autre chose que des plants de choux avariés ou des graines de haricots surabondantes. Voilà ce qu'on gagne — je l'éprouvai depuis mieux encore — à faire partie de l'opposition ! Un jour, je sarclais mes laitues qui se faisaient un malin plaisir de « monter », alors que mes petits pois s'obstinaient à ne pas quitter la terre, sourds à l'invitation des ramures que je leur avais préparées. Miss Rosie vint à passer le long de mon domaine, escortée de sa bonne. Elle s'arrêta pour me voir travailler, regardant mes produits d'horticulture d'un air d'admiration dont je me sentis plus flatté que je ne le laissai paraître, car, à peu d'exception près, les promeneurs de toute catégorie qui s'égaraient dans ces parages refusaient manifestement de prendre mon exploitation au sérieux.

Malgré les objurgations de Lisbeth, qui voulait l'entraîner plus loin, ma cousine restait là, plantée sur ses petites jambes. Quand j'y pense aujourd'hui, j'imagine, — avec plus de fatuité qu'alors, — que l'on se souciait moins du jardin que du jardinier. Avoir, pour ses jeux toujours solitaires, un compagnon, même plus âgé qu'elle, n'était-ce pas le rêve instinctif de cette enfant dont on pouvait dire : Elle est venue parmi les siens, et les siens l'ont bien mal reçue !

4

Je devais avoir la mine d'un seigneur d'opéra-
comique rassurant une bergère, quand je fis
signe à Rosie que je lui permettais de franchir
ma clôture, formée d'une haie de buis de vingt
centimètres. Elle accepta, rougissant de plaisir,
et je la précédai fièrement, la conduisant de la
forêt de mes framboisiers à la prairie naissante
de mes épinards, puis à ma ferme, représentée
par une caisse verte où, derrière un grillage,
des lapins blancs remuaient leurs narines, et
enfin à ma maison de campagne composée d'un
banc rustique abrité par un toit de joncs.

Mes lapins blancs, on le devine, furent de
toutes mes richesses, la partie qui émerveilla
davantage ma visiteuse. Elle les caressa de sa
petite main, après m'en avoir demandé la per-
mission d'un regard très humble. Si je l'avais
laissée faire, je crois que nous y serions encore... Pauvre chérie! Aujourd'hui je donnerais
bien des prés, des châteaux et des fermes pour
que nous y fussions encore, en effet!

Mais, ce jour-là, j'estimais que j'avais mieux
à faire qu'à contenter la curiosité d'une petite
fille, et je lui déclarai par signes que mon tra-

vail me réclamait. Par signes, l'enfant me témoigna qu'elle serait la plus heureuse personne du monde de travailler aussi. L'imprudente ! Elle ne se doutait pas qu'elle venait de poser elle-même le joug de l'esclavage sur ses épaules.

A partir de ce moment, j'eus sous mes ordres un ouvrier docile, remarquablement intelligent, d'un zèle infatigable et possédant la précieuse qualité de ne rien exiger de son maître, pas même la reconnaissance. Bien entendu, je lui confiais les besognes les moins agréables, telles que l'enlèvement des cailloux qui désolaient mes parterres, le nettoyage des herbes parasites et la destruction des limaces qui semblaient s'être retirées de toutes les régions voisines dans mes planches d'épinards, comme dans un asile assuré. Jamais, durant les heures consacrées à ces tâches ingrates, ma subordonnée volontaire n'essaya l'ombre d'une révolte contre mon autorité, passablement tyrannique, je l'avoue. Tout en accomplissant sa besogne, elle s'efforçait de lier conversation avec moi, et je me flatte d'avoir été son premier, sinon son

meilleur professeur dans notre langue. Une fois
de plus, en cette occasion, il fut permis de constater l'excellence de ce proverbe : qu'un bien-
fait n'est jamais perdu. Mon ennemi le jardinier, témoin de mes bons rapports avec ma
cousine et se méprenant, j'en ai peur, sur mon
désintéressement, devint du soir au matin mon
protecteur et mon ami. Dès lors il m'apporta
de lui-même ses meilleurs plants et ses graines
les plus rares; il me prodigua ses conseils et ses
leçons. Bien plus, il m'arriva dans la suite, lors
de certaines expéditions tentées par moi dans
la région des espaliers et des quenouilles, de
voir cet adversaire jadis redouté tourner les
talons, comme s'il avait résolu de me laisser le
champ libre.

Un drôle de corps, ce sournois de jardinier!
il savait tout, sans compter bien d'autres
choses. Quel ne fut pas mon étonnement de
l'entendre un jour échanger quelques mots
d'anglais avec Lisbeth! Presque chaque jour,
tandis qu'elle agitait son éternel tricot tout en
surveillant « mademoiselle Rosée », comme
disaient les domestiques, le compère s'arran-

geait pour passer par là. Dieu sait que Lisbeth n'avait pas la mine d'une personne destinée à connaître les aventures. Pourtant il s'éprit d'elle, sans en rien dire à qui que ce fût, pas même à la principale intéressée. Ils finirent par s'épouser alors qu'ils étaient tant soit peu vieillots l'un et l'autre.

En dehors des affaires, c'est-à-dire de mon jardin, pendant les repas et durant les moments assez courts de notre présence commune au salon, je commençais à traiter ma cousine un peu plus gracieusement, mais je maintenais envers elle ma position de supérieur à inférieur. Dans les rares occasions où elle se hasardait à prononcer quelques mots de français, je riais de ses bévues avec l'altière commisération d'un chancelier de l'Académie, tandis que j'aurais dû souvent les excuser en ma qualité de professeur responsable.

Pauvre mignonne ! si jamais enfant fut préservée par les premières années de son éducation contre les dangers de l'amour-propre, c'est bien celle-là. Ce qu'elle faisait de mal était étalé au grand jour et réprimandé sévèrement,

4.

tandis que ses bonnes actions et ses qualités passaient pour choses toutes naturelles. Dès qu'elle put comprendre trois mots de français, ma grand'mère ne cessa de lui répéter qu'elle était laide avec une insistance convaincue, à ce point qu'il n'était pas douteux pour moi que mon infortunée cousine ne fût une sorte de monstre déshérité par la nature. Anglaise, pauvre, laide et protestante ! Quelle accumulation de disgrâces sur une seule tête humaine ! Il ne fallait pas moins que les préceptes rigoureux de la charité chrétienne, qui m'étaient inculqués chaque jour entre une page du *De viris* et un problème d'arithmétique, pour me donner le courage de lui faire bonne mine, — hors de la présence des limaces. Mais il faut croire qu'elle avait appris en naissant l'art fort utile ici-bas de savoir se contenter de peu. Si seulement je lui envoyais quelque chose qui ressemblât à un sourire, d'un bout de la table à l'autre, si, dans mon coin favori du salon, je lui permettais d'approcher ses joues roses des miennes et d'admirer les splendeurs de mes livres d'images, c'était aussitôt un de ces regards

mouillés qu'elle réservait exclusivement à deux
êtres en ce monde : l'oncle Jean et moi. Je
parle, bien entendu, des êtres humains, car
mes lapins blancs, qu'elle était chargée de soigner sous ma haute direction, n'étaient pas
beaucoup moins bien traités par leur très jeune
mère nourricière. Un jour que de nombreux
petits étaient survenus à son grand étonnement — et même au mien, car nous aurions
rendu des points à Daphnis et à Chloé sous le
rapport de l'ignorance — elle faillit s'évanouir
de joie, la pauvre orpheline qui n'avait pas la
chaude caresse d'une mère pour attiédir son
existence d'être isolé et méconnu !

VI

Tant de douceur et de gentillesse devaient
forcément, un jour ou l'autre, produire leur
effet sur des natures aussi bonnes que l'étaient
au fond celles des membres de la famille, même
des *ancêtres*. Petit à petit, chacun se prit de
tendresse pour cette enfant qui faisait si peu de
bruit, tenait si peu de place et demandait si peu
de chose. Mais il était facile de voir que tous
les Vaudelnay du monde, y compris le plus
jeune d'entre eux, aimaient Rosie quand personne ne pouvait les voir, et semblaient à peine
la connaître aussitôt qu'une forme humaine se
montrait au bout du corridor. Il n'était presque
pas de jour que ma jeune cousine ne parût à

table avec un bout de ruban noir ou quelque brimborion de jais qui n'était pas venu tout seul embellir son vêtement de deuil plus que modeste. Un soir, au salon, pendant le dîner de sa bonne, l'imprudente vint m'offrir des bonbons dans un sac portant l'estampille du confiseur à la mode de Poitiers, ce qui sembla causer un malaise profond à mon père, le seul de la famille qui fût allé en ville ce jour-là. Mais chacun, il faut le croire, s'était donné le mot pour ne s'apercevoir de rien, et moi-même je me hâtai de faire rentrer le corps du délit dans la poche d'où il n'aurait jamais dû sortir.

Quelques jours après, Rosie se montra pressant contre son cœur une poupée imperceptible du vernis le plus frais. La semaine suivante, la poupée avait grandi d'une main. Avant la fin du mois, elle était presque aussi grande que Rosie elle-même et, à coup sûr, beaucoup plus élégante dans ses ajustements. Il en fut des poupées comme du sac de bonbons : personne ne s'avisa de s'inquiéter de leur provenance. Ma cousine aurait pu, j'en suis sûr, parader d'un bout à l'autre du château avec le colosse de

Rhodes sur les bras, sans qu'on lui fît la moindre question embarrassante. Elle continuait de son côté à garder — ou peu s'en faut — le silence des premiers jours, et cependant, quand nous étions à mon jardin, elle commençait à babiller tant bien que mal en français, malgré mes rires moqueurs.

Évidemment il y avait contre elle des griefs que j'ignorais. Du moins j'en déplorais un qui n'était pas, tout me portait à le croire, un des moins odieux. Chaque soir, à l'heure de la prière, chaque dimanche, à l'heure de la messe, quand la place de cette jeune hérétique restait vide parmi nous, la plupart des fronts se plissaient. La blessure pourrait-elle jamais se fermer? Cette inquiétude, malgré mon âge, me préoccupait.

Vers la fin du printemps qui suivit l'arrivée de ma cousine à Vaudelnay, toutes les pensées de la famille se tournèrent sur un seul point : ma première communion, dont l'époque approchait. Dès lors j'entrai dans la période sévère de la méditation et de la pénitence. Mon jardin fut abandonné et je ne vis plus guère ma cousine. Craignait-on pour moi un prosélytisme funeste ? — Que serait-il arrivé, en effet, si, Polyeucte d'un nouveau genre, j'avais crié en face de la table sainte :

— Je suis protestant !

La chose ne me semblait guère à redouter, car, tout au contraire, je me sentais prêt à mourir pour ma foi. Mais qui peut savoir jusqu'où vont les ruses diaboliques de l'ennemi de notre salut ?

Je dois dire que l'excellent curé qui dirigeait ma conscience et travaillait assidûment à « ma conversion » faisait preuve sur toutes ces questions des idées les plus larges. Plus d'une fois nous avions abordé franchement le fatal sujet, car, plus j'approchais du Ciel, plus j'éprouvais d'amertume à voir ma pauvre cousine assise à l'ombre de la mort.

— Soyez sans inquiétude, me disait le saint prêtre. Dieu est bon et nous le fera voir à tous. Priez pour votre cousine et laissez le reste aux soins de la Providence.

A demi rassuré par ces paroles, je priais beaucoup, en effet, pour que le Seigneur ouvrît

les yeux de la pauvre égarée, et aussi pour
qu'on lui permît d'assister à la cérémonie. Ce
fut donc une grande joie pour moi d'apprendre
que Rosie, ce jour-là, viendrait à la messe.
Avant de se rendre à la petite église parée
comme elle ne l'avait pas été depuis le mariage
de mon père, toute la famille s'assembla au
salon. J'y fus introduit à mon tour et, luttant
contre une émotion dont je regretterai toute
ma vie la naïve grandeur, je suppliai les miens
de me pardonner les peines et les mauvais
exemples dont je les avais abreuvés jusque-là,
de même que Dieu, selon toute espérance, avait
daigné m'en accorder l'oubli.

Bien entendu, les hommes ne se montrèrent
pas plus impitoyables que le Créateur. Mon
grand-père me bénit solennellement; tout le
monde pleurait. Seule ma cousine me considé-
rait de ses grands yeux noirs pleins d'étonnement et brillants d'une flamme singulière. Pour
la première fois depuis son arrivée à Vaudelnay
— probablement pour la première fois de sa
vie, — elle fut témoin des pompes de notre
culte. On ne m'ôtera pas de la pensée qu'une

bonne partie du sermon fut prêchée tout exprès
pour elle, sur ce texte qui devait la toucher
plus qu'une autre :

« Laissez venir à moi les petits enfants. »

La messe achevée, les communiants défi-
lèrent triomphalement au bruit des cloches et
aux accords de l'harmonium. Il va sans dire
que tout le village avait les yeux fixés sur
« monsieur Gaston », et j'ai le regret d'ajouter
que jamais, depuis lors, il ne m'est arrivé d'être
aussi digne de l'estime et de l'attention géné-
rales. Dans la foule de mes parents proches ou
éloignés, grossie par des invitations nom-
breuses, je cherchais ma jeune cousine. Enfin je
la découvris, dissimulée à l'écart, me considé-
rant avec une sorte de respect mystique. Sa
physionomie, généralement peu révélatrice,
rayonnait d'enthousiasme. Je lui fis un signe ;
elle s'approcha doucement et, comme si elle ne
se fût pas crue digne d'une caresse plus intime,
elle me prit la main et la serra contre son cœur.
Le soir, quand vint l'heure de la prière en commun, Rosie, sans que personne pût s'y attendre,
fit une action dans laquelle toute la famille se

plut à reconnaître l'effet miraculeux de ma puissante intercession. Encore une fois elle prit ma
main et, sans dire un mot, suivit tout le monde
à la pieuse assemblée. A partir de ce jour, elle
ne manqua jamais de prier avec nous. J'anticipe
sur les événements pour dire qu'un certain jour,
quatre ans après, elle reçut à la fois le baptême
et la communion. J'eus même l'honneur d'être
son parrain, car on continuait à m'attribuer une
part sérieuse dans sa conversion. Si, dans la
suite, il m'est arrivé d'exercer des influences
moins orthodoxes sur d'autres âmes féminines,
j'espère que le souverain Juge ne m'en tiendra
pas rigueur en considération de ce précoce
apostolat.

Durant quelques mois, après ma première
communion, les choses reprirent à Vaudelnay
leur cours ordinaire, avec une amélioration
sensible du sort de ma cousine. On la traitait
avec bonté, mais toujours avec une pointe de
réserve, comme si, malgré tout, un stigmate
inconnu pesait sur elle. Puis l'heure vint où je
dus quitter ma famille pour le collège, et, de
longues semaines à l'avance, la perspective de

ce grave événement couvrit d'un voile sombre le château tout entier, dont chaque habitant, maître ou domestique, avait, je le crois bien, l'indulgence extrême de m'adorer.

Ce fut par moi que ma cousine connut la grande nouvelle. Un jour du commencement de septembre que nous travaillions à mon jardin, je sentis tout à coup cet amer sentiment de l'*à quoi bon ?* qui nous alourdit le cœur à certaines heures de la vie.

— Ma pauvre Rosie, soupirai-je, quand ces chrysanthèmes que nous plantons seront en fleur, je n'aurai pas le plaisir de les voir.

D'abord elle ne comprit pas. Selon son habitude, elle me fit répéter ma phrase, car elle ne laissait passer aucune de mes paroles qu'elle ne l'eût saisie, absolument comme s'il se fût agi d'un texte important. Quand j'eus bien expliqué ce que c'était que le collège, et comme quoi cette invention funeste allait nous tenir séparés pendant de longs mois, le visage de ma compagne sembla se figer dans une rigidité marmoréenne, ce qui était presque, à vrai dire, son état naturel quand nous n'étions pas ensemble.

Elle eut un instant de réflexion fort concentrée, puis elle me dit :

— C'est donc pour cela qu'*ils* sont tous tellement tristes depuis quelques jours !

— Trouves-tu qu'ils soient si tristes ? demandai-je, flatté au fond de l'importance qu'elle me donnait.

— Oh ! certainement, Gaslie, appuya l'enfant. Hier j'ai vu pleurer ma tante. Quel dommage que je ne puisse aller au collège à ta place ! Personne n'aurait envie de pleurer.

Cette réponse me parut alors burlesque au possible et j'éclatai de rire, ce qui prouve qu'un homme ne voit pas toujours les choses comme elles méritent d'être vues... et comme les voit un cœur de femme, même d'une petite femme de sept ans.

A partir de ce jour-là, mon jardin continua de recevoir nos visites, mais les instruments de culture se couvrirent de rouille, car nous passions notre temps à *me* plaindre. Je venais de découvrir soudain que le rôle de victime a de grandes douceurs. Je permettais généreusement à Rosie de pleurer sur moi, sans m'inquiéter beaucoup de savoir si elle n'avait pas envie quelquefois de pleurer sur elle, tant je continuais à être persuadé que nous n'appartenions pas tout à fait à la même catégorie d'êtres.

J'abrège le récit de ces derniers jours. Le moment du départ venu, j'ai honte d'avouer que je fis preuve d'une faiblesse indigne de mon sexe : littéralement, je fondais en eau. Quant à ma cousine, je la vis assez peu durant les heures suprêmes ; je pus constater qu'elle ne versait pas une larme, estimant probablement qu'elle était trop peu de la famille pour s'accorder cette prérogative. Mais la première lettre de ma mère contenait cette phrase en post-scriptum :

« J'oubliais de te dire que ta cousine s'est mise au lit le lendemain de ton départ. Le médecin ne lui trouve aucune maladie et suppose qu'il s'agit d'une simple crise de croissance. Cher enfant bien-aimé, soigne-toi bien. »

VIII

Je me soignai du mieux qu'il me fut possible,
et ma santé sortit victorieuse des émotions que
je venais de traverser. Pour être franc, je ne
fus pas douze heures au collège sans constater
que la discipline y était moins sévère qu'à Vaudelnay, que les plaisirs de mon âge m'y attendaient en plus grand nombre. Cependant, par
une sorte de politesse affectueuse pour ma
famille, j'eus soin de ne pas manifester trop
clairement cette surprise agréable, et j'eus le
tact de laisser croire que les blessures de
mon cœur prenaient du temps pour se cica-
triser.

« Tâche de ne pas trop penser à nous, écri-

vait ma mère. Tu te ferais du mal, mon cher
Gaston ! »

Hélas ! si elle avait pu entendre son cher
Gaston remplissant de ses cris joyeux les quin-
conces des grandes cours, si elle avait pu le
voir vainqueur à tous les jeux, triomphateur
dans toutes les batailles, elle aurait été bien
vite rassurée ! Bientôt son cœur maternel fut
assailli d'une autre crainte. Grâce au bon curé
de Vaudelnay, j'étais, sans que personne
s'en doutât et sans m'en douter moi-même,
d'une jolie force dans toutes les matières qui
composaient le programme peu chargé de ma
classe. Les premières compositions me révé-
lèrent comme destiné à tous les succès.

« Nous sommes fiers de tes bonnes places,
m'écrivait-on. Mais ne travaille pas trop ! »

C'est, j'en ai peur, de tous les conseils que
m'a donnés ma mère, le seul que j'ai toujours
pieusement suivi.

Les vacances de Pâques me virent arriver à
Vaudelnay resplendissant de santé, chargé de
diplômes, de croix et de témoignages. Rien
qu'à la façon dont mon grand-père m'em-

brassa, je compris que le temps était passé où
je n'avais le droit, quand nous étions à table,
ni d'accepter du vin d'extra ni de refuser des
épinards. Je sentis que j'étais devenu quelqu'un, d'autant plus que mon uniforme, dans
lequel j'apparaissais pour la première fois, me
semblait devoir rehausser extrêmement la
dignité de mon apparence. Durant une heure,
la famille assemblée spécialement en mon honneur m'examina, me pesa, me mesura comme
si je venais de faire le tour du monde. L'aréo-
page décida contradictoirement que je rappe-
lais d'une façon prodigieuse mon ancêtre
l'amiral, qui était brun avec le visage en lame
de couteau, mon arrière grand-oncle l'arche-
vêque, qui était camard, et une parente encore
vivante, Dieu merci, qui passait, je l'avais
entendu dire plus d'une fois, pour une des
jolies femmes blondes de la cour de Charles X.

Au milieu de ces discussions agréables,
l'heure du dîner arriva. Comme nous allions
nous rendre à table, une petite personne, que
je ne reconnus pas tout d'abord tant elle avait
grandi, s'approcha de moi plus timidement,

je le gagerais, que la parente ci-dessus nommée n'abordait le dernier roi de la monarchie légitime.

— Tiens, Rosie ! m'écriai-je d'un air affable de bon prince. Tu es donc toujours ici ?

Au regard que me jeta l'oncle Jean, il me vint un soupçon que la phrase n'était pas des plus heureuses, mais, dans l'agitation générale, personne que lui n'avait dû la remarquer. Je réparai mes torts en embrassant ma cousine qui ne levait pas les yeux sur moi, et en lui donnant la main pour passer à table. J'appris le lendemain dans la conversation qu'elle travaillait beaucoup, quelque chose comme douze heures par jour, car tous les habitants féminins de Vaudelnay s'étaient cotisés, pour ainsi dire, afin de pousser son éducation. Ma grand'mère lui enseignait la couture, ma tante Frédérique la grammaire et l'orthographe, ma tante Alexandrine le dessin et le piano, ma mère l'écriture, le calcul et l'histoire sainte. Je frémis rien que de penser à ce surmenage.

Elle trouva cependant moyen, je ne sais comment, d'être à mon jardin quand je passai

5.

par là dans ma tournée de propriétaire. Jamais,
dans le temps de ma plus grande ferveur d'horticulture, mes plates-bandes n'avaient été plus
magnifiques. D'un œil anxieux l'enfant guettait
mes impressions.

— Oh! oh! m'écriai-je complaisamment, tu
m'as bien remplacé, Rosie !

— Cela te fait plaisir? balbutia-t-elle.

— Mais oui, certainement.

Et, sans pousser l'éloge plus loin, je conti-
nuai ma route vers la pièce d'eau où les
cygnes, qui me voyaient venir, s'approchaient
de la rive pour prendre de ma main la pâture
attendue.

Aux grandes vacances du mois d'août, je
repassai par là, mais Rosie ne m'attendait pas
pour mendier mon approbation. Le jardin était
en friche. Elle aussi avait dû se dire : A quoi
bon !

— La paresseuse ! pensai-je. Il faudra que je
la gronde.

Mais un poney que je trouvai dans une stalle
de l'écurie — j'avais rapporté tous les prix de
ma classe — m'ôta l'envie et le temps de gron-

der personne, surtout un être d'aussi médiocre
conséquence que Rosie. Je la vis assez peu
durant ces deux mois qui s'enfuirent comme un
songe, au milieu de plaisirs de toute sorte.
D'autres années passèrent. Après le poney vint
un fusil et je ne rêvai plus que lièvres, per-
dreaux, contrepied et remise.

Puis la mort entra au château, et, quand
elle connut le chemin de cette maison pleine
de vieillards, elle y revint souvent comme si,
la perfide ! elle ne se plaisait qu'aux faciles
besognes. L'un après l'autre, les *ancêtres* s'en
allèrent *tous* dormir dans le caveau creusé sous
notre chapelle. Alors l'oncle Jean, resté seul de
sa génération, quitta Vaudelnay, lui aussi, avec
sa petite-fille, héritière de quelques milliers
d'écus laissés par la tante Frédérique. L'autre,
la tante Alexandrine, à cheval sur les vieux
usages, avait testé en ma faveur.

Mes parents restaient maîtres du domaine, et
Dieu sait avec quelle joie ils auraient conservé
sous leur toit l'oncle Jean et sa petite-fille. On
le supplia de garder son appartement dans la
vieille tour, mais il ne voulut rien entendre.

— Quand mon frère et mes sœurs étaient là,
dit-il, je pouvais y être aussi. Un octogénaire
de plus ou de moins, cela ne tirait pas à conséquence. Mais le temps a marché. Un vieux
comme moi doit faire place aux jeunes. D'ailleurs, il vaut mieux pour Rosamonde qu'elle
passe quelque temps à Paris.

Jamais on ne put l'en faire démordre. Un
beau jour il s'éloigna sans bruit de Vaudelnay,
suivi de Rosie et de Lisbeth. A cette époque, je
faisais mon droit à Paris et je ne pus adresser
mes adieux à la branche cadette de ma famille.

En m'annonçant leur départ, ma mère me fit
connaître leur domicile dans un quartier de
l'autre monde, quelque part derrière le Luxem-
bourg.

« Tu iras les voir souvent, m'écrivait-elle. Je
voudrais être sûre qu'ils seront heureux, mais
j'en doute, non seulement parce qu'ils pos-
sèdent fort peu de bien, mais encore parce
qu'ils vont être perdus dans cette grande ville,
sans un ami. Dieu sait que ton père et moi nous
avons mis tout en œuvre pour empêcher ce dé-

part qui nous désole. Mais tu connais ton oncle !... »

A la lecture de cette lettre, je m'étais bien promis d'aller voir dans les trois jours l'oncle Jean et sa petite-fille, ce qui eût été une entreprise peu difficile si j'avais habité le quartier latin. Mais j'appartenais à la catégorie des étudiants du grand monde qui demeuraient autour de la Madeleine dans des entresols charmants, allaient chaque soir dîner en ville, et se rendaient à l'École, quand leurs devoirs sociaux le leur permettaient, dans des tilburys irréprochables de tenue. Je crois même, Dieu me pardonne, que j'y suis allé à cheval une fois ou deux avant de faire mon tour de Bois.

Je ne voudrais pas me faire meilleur que je ne suis, mais j'affirme que je me réveillai un beau matin en me disant :

— Aujourd'hui, qu'il vente ou qu'il grêle, j'irai voir mon oncle et ma cousine.

Malheureusement il me fut impossible de retrouver l'adresse envoyée par ma mère. On dira qu'il était bien simple de la demander ; mais j'appartenais alors à cette classe nombreuse

d'êtres toujours prêts à braver pour leur famille
ou leurs amis tous les supplices du monde sauf
un seul : la peine effroyable d'écrire une lettre.

C'était, il faut en convenir, un grand défaut,
et je le reconnaissais moi-même avec franchise.
Toutefois il était racheté, selon toute apparence,
par de sérieuses qualités, car je devenais l'ami
de quiconque m'avait approché une fois.

Quand j'y réfléchis d'un peu plus loin, je
présume que la première de ces qualités consistait dans la fortune dont mon père, retenu à
Vaudelnay par sa santé, me faisait jouir avec
une générosité qui était chez lui un système.
J'avais en plus le don d'être « amusant », qui
me faisait rechercher partout, bien que les
gens amusants fussent alors moins rares qu'aujourd'hui, ainsi qu'en témoigneront tous mes
contemporains.

Je crois pouvoir en appeler au même témoi-
gnage pour constater que j'étais joli garçon,
bien fait de ma personne, bon valseur, fin cava-
lier, ni trop naïf ni trop blasé pour mon âge,
plein d'aversion pour tout ce qui était mal-
propre et mal odorant au physique et au moral.

Comme trait caractéristique, j'ajouterai que
j'étais alors réglé dans mes mœurs à l'égal d'un
chartreux, ou, pour mieux dire, d'un forçat.
Mon cheval, mes amis, mes études un peu né-
gligées, mes nouveaux devoirs d'homme du
monde pris tout à fait au sérieux, c'était de quoi
composer une existence qui ne me laissait guère
le temps de penser à mal et aurait en outre
brisé les muscles d'un athlète. Il faut joindre à
cela que les femmes du monde que je voyais de
près m'empêchaient d'admirer les autres, ce
qui peut paraître une originalité invraisem-
blable. D'ailleurs elles-mêmes refusaient mé-
chamment de croire à la préférence dont je voulais bien les favoriser, et leur bienveillance à
mon égard n'allait pas sans une défiance mal déguisée. Elles m'examinaient, me retournaient,
me maniaient avec précaution, comme on fait
d'un bibelot dans un étalage, quand on ne
compte pas risquer l'emplette.

Enfin, j'étais irréprochable, bon gré mal
gré, et s'il m'était resté, par-ci par-là, une
heure libre pour ma cousine et pour l'oncle
Jean, je me demande ce qui m'aurait manqué

pour être la perfection absolue. Dans les bals,
je voyais déjà les regards des mères marquer
mon front de vingt-trois ans du sceau des élus,
tandis que dans le secret de leur cœur, elles
pensaient :

— Voilà un garçon qu'il faudra suivre. Encore une saison ou deux, et ce sera un parti hors
ligne s'il ne déraille pas.

Ah! si les jeunes gens savaient pourquoi les
mères vont au bal, pourquoi elles y conduisent
leurs filles, au prix de fatigues sans nombre!
S'ils savaient pourquoi les jeunes personnes
sourient, font de l'esprit, dansent et vont au
buffet! S'ils savaient!... Mais, parbleu! à l'entrain qu'ils y apportent aujourd'hui pour la
plupart, je soupçonne qu'ils savent. D'ailleurs,
que ne savent-ils pas? Et comme c'est ennuyeux,
triste, désespérant de *savoir!*

X

A la fin de ma première année de droit, je subis assez gaillardement l'épreuve de l'examen. J'aurais mauvais goût à blâmer la facilité du programme ou l'indulgence des juges; toutefois, depuis ce premier succès de ma carrière intellectuelle, je n'ai jamais pu entendre dire qu'un jeune homme a échoué dans ces peu terribles débuts, sans me sentir plein pour lui d'une pitié profonde.

Les vacances me rappelaient à Vaudelnay, mais, auparavant, un impérieux devoir m'obligeait à rendre visite à l'oncle Jean et à sa petite-fille. Grâce à Dieu, mes amis et mes amies du grand monde étant dispersés dans toutes les

directions; je n'avais rien de mieux à faire à
cette heure que de me montrer bon parent.

Mais la difficulté — elle était sérieuse, —
consistait à découvrir l'adresse du baron de
Vaudelnay. La demander à ma mère? C'eût été
faire l'aveu d'une coupable négligence. Fort
heureusement le notaire de la famille, que je
ne manquais pas d'aller trouver dans son étude
le premier de chaque mois, devait posséder ce
renseignement indispensable. En effet j'appris
par lui que le vieillard demeurait rue d'Assas. Je
pris un fiacre pour me rendre chez mon oncle,
d'abord pour ne pas faire à ses yeux l'étalage de
mauvais goût de ma voiture, de mon cheval et
de mon groom, et ensuite parce que les pavés
de la rive gauche, brûlés par le soleil de juillet,
ne valaient rien pour les pieds d'*Annibal* qui
avait la sole sensible comme l'épiderme d'une
nymphe.

En apprenant du concierge que le baron
était seul chez lui — au quatrième étage et
quel escalier! — je me sentis aussi ému que je
l'avais été huit jours plus tôt devant mes exami-
nateurs. Même, tout en montant les marches,

je me disais qu'on peut toujours trouver moyen d'ânonner quelques phrases sur la condition des affranchis ou sur l'incapacité des mineurs. Mais que répondre si, là-haut, on me posait cette « colle » redoutable :

— Pourquoi n'es-tu pas venu nous voir plus tôt?

Il faut croire que l'oncle Jean n'avait pas trop souffert de la rareté de mes visites, car il m'accueillit comme si nous nous étions quittés la veille, avec cette bonté triste et ce sourire résigné que je lui connaissais, depuis le soir où il était rentré à Vaudelnay rapportant Rosie entortillée dans sa couverture.

Pauvre oncle! il avait franchi une étape de plus dans la vieillesse. Il était facile de voir que la prochaine halte serait la dernière. Il portait ses cheveux blancs très longs; sa taille s'était voûtée; ses vêtements, d'un entretien irréprochable, trahissaient la pauvreté. J'eus un léger malaise en les reconnaissant, pour les avoir vus jadis à Vaudelnay... Je me hâtai de parler de ma cousine.

— Elle est à sa peinture, dit mon oncle. Ah !

c'est vrai : tu ne sais pas ! Elle a pris une rage
de barbouiller des toiles. En toute justice elle
a du talent. Du reste, regarde.

Sur les murs s'étalaient quatre ou cinq
tableaux dont j'aurais eu quelque peine à discer-
ner le mérite, non seulement parce que j'étais
loin d'être clerc en peinture, mais aussi parce
que, subitement, mes yeux se trouvèrent un peu
brouillés. Ces toiles étaient des vues de Vaudelnay, du parc, des environs, probablement
faites de mémoire. Sur la table un chevalet de
velours supportait un dessin qui acheva de me
troubler la vue, car il représentait mon jardin
quelque onze ans plus tôt.

L'oncle Jean, très vivement, fit volte-face et
s'en fut regarder le ciel par la fenêtre.

— Tu vas sans doute retourner là-bas? me
dit-il après une minute de silence. Je sais que
tu es reçu, et je t'en félicite.

— Vous savez?... balbutiai-je. Comment
l'avez-vous appris?

— Par ta cousine, je crois. Cette petite est
une gazette ambulante et me raconte tout ce
qui se passe à Paris; ce qui se passe de bon,

bien entendu. Car moi, je ne sors plus guère. Les jambes...

Il acheva ce qu'il voulait dire par une grimace que je lui avais toujours connue, quand il voulait éviter un jugement sévère sur les personnes ou sur les choses.

— Ma cousine sort beaucoup? demandai-je.

Si j'avais exprimé toute ma pensée j'aurais dit :

— Elle ferait mieux de peindre moins, et de tenir compagnie à son vieux grand-père.

L'oncle répondit sans avoir l'air d'en vouloir le moins du monde à cette coureuse :

— Dieu merci! nous avons toujours Lisbeth qui est une duègne irréprochable. Pauvre Rosie! elle sera désolée d'avoir manqué son cousin!

— Mais je lui donnerai bientôt l'occasion de se consoler, dis-je poliment. Je reviendrai.

— Pas avant les vacances? Tu vas partir?

— Demain matin.

L'oncle eut un sourire imperceptible dans lequel je lus tout un chapitre de philosophie.

Décidément la conversation manquait d'entrain. Je réfléchissais, à part moi, qu'il est très difficile de trouver quelque chose à dire aux gens que l'on rencontre une fois par an, tandis qu'une heure semble courte à l'intimité de chaque jour. Mon oncle réfléchissait aussi. Tout à coup il tourna vers moi un de ces regards subitement attendris que je lui connaissais depuis l'enfance de Rosie.

— Écoute, fit-il, tu leur diras que je les aime de tout mon cœur, et ces mots-là, tu as pu le constater, ne reviennent pas souvent dans ma bouche. Voilà ma commission pour les vivants, qui ne sont que deux : ton père et ta mère. Quant aux morts, qui sont beaucoup plus nombreux, tu leur diras — son regard avait changé d'expression — tu leur diras que je leur pardonne. De cette façon, il n'y aura aucun moment de gêne, lors de mon arrivée parmi eux.

Sa belle figure se réveilla sous une expression moqueuse de défi jeté à Celle qui devait — probablement bientôt — le réunir aux *ancêtres*. Il eut cette plaisanterie de vieux soldat :

— L'entrevue sera déjà bien assez *froide.*

Ces paroles me remirent dans l'esprit mainte question que je n'avais pas osé faire dix ou douze ans plus tôt, que je n'avais pas songé à faire depuis, distrait que j'étais par des sujets plus modernes. Je demandai au vieillard, retrouvant, sans l'avoir cherchée, la façon de lui parler que j'avais dans mon enfance :

— Oncle Jean, votre vie ne m'est pas plus connue que si vous étiez pour moi un étranger. Ne vous semble-t-il pas que je devrais en savoir au moins quelque chose ?

— Te voilà devenu bien curieux tout à coup !

En me parlant ainsi, le baron s'efforçait d'exprimer l'ironie. Mais je vis bien que ma question, quoi qu'il en eût, lui causait du plaisir.

— Après tout, dit-il, c'est ton droit. La vie de chacun de nous, bonne ou mauvaise, utile ou perdue, appartient à notre lignée, et c'est à tes mains qu'est confié désormais l'avenir du bon vieux nom. Je souhaite, mon cher enfant, qu'il te porte plus de bonheur qu'il n'en a porté à moi ainsi qu'aux miens.

Son visage, très triste un instant, devint

très grave. A mon grand étonnement, le vieillard s'inclina devant moi avec une sorte de respect.

— Futur marquis de Vaudelnay, dit-il, voici la confession d'un des vôtres qui fut jugé sévèrement par ceux de son époque. Vous serez peut-être plus indulgent.

L'oncle se moquait-il de moi? Je me le suis demandé et me le demande encore. Ce qu'il y a de certain c'est que j'envoyais à cette heure ma curiosité à tous les diables, prévoyant plus d'une comparaison embarrassante pour moi dans la confession qu'on m'annonçait. La voici, quelque peu résumée, et cependant le baron n'était pas homme à s'étendre inutilement sur sa propre histoire.

X

La Révolution trouva le château de Vaudelnay peuplé des mêmes habitants que j'y avais trouvés moi-même, quelque cinquante ans plus tard. Je parle des *ancêtres*, cela va sans dire. Balthazar de Vaudelnay, le dernier marquis de l'ancien régime, venait de mourir juste à temps pour que mon grand-père profitât, l'un des derniers parmi la noblesse française, de l'institution prête à périr du droit d'aînesse. Il hérita seul du château, des terres, de toute la fortune, et bien que ses vingt-cinq ans ne fissent que de sonner, il entra dans son rôle de chef de famille, aussi sérieux, aussi respecté, aussi bien obéi de son frère et de ses deux

6

sœurs que s'il eût été un vieillard blanchi par l'âge.

L'obligation de veiller sur ses deux cadettes, ma tante Frédérique et ma tante Alexandrine, peut-être une sage prévoyance de l'avenir, l'empêcha de prendre part à l'émigration, et la tempête passa sur ces trois aristocrates sans balayer leur têtes là où elle en avait roulé tant d'autres moins jeunes. Toutefois, pour sauver, en cas de malheur, le dernier bourgeon de la vieille tige, mon grand-père avait confié mon oncle Jean à l'un de ses voisins et de ses amis prêt à partir pour l'Angleterre. Le jeune émigré de douze ans ne devait revoir le sol natal que trente-cinq ans plus tard, c'est-à-dire vers la fin du règne de Charles X.

Je laisse volontairement de côté toute la première partie de son histoire, non pas la moins intéressante, mais la moins directement liée à la suite de ce récit. D'abord étudiant en Angleterre, puis l'un des plus jeunes officiers de l'armée des Indes, Jean de Vaudelnay, dont l'humeur était aussi indomptable que sa bravoure était brillante, quitta, par suite de désaccord avec ses chefs, une position qui pouvait le conduire à la fortune. Devenu libre, il regagna la France... par le chemin des écoliers. Cette route accidentée le conduisit en Italie qu'il comptait traverser lentement. Mais il comptait sans le destin qui devait y décider de son existance.

Épris d'abord d'une soudaine passion pour la peinture qui se révélait à lui comme un monde encore ignoré, le jeune homme s'attarda longuement dans les galeries les plus célèbres et dans les meilleurs ateliers. L'un de ceux-ci, rendez-vous des étrangers de distinction qui passaient à Florence, l'éblouit par un chef-d'œuvre auprès duquel pâlirent les toiles des grands maîtres, car ce chef-d'œuvre était vivant. Laura Scarpi, la rose de la Toscane, ainsi que tout Florence l'appelait, conquit, par son premier regard, le cœur de mon oncle. Elle était la fille d'un peintre plus riche de gloire que d'argent. Quant à sa mère,... l'oncle Jean ne m'en a pas dit un seul mot.

Dieu sait quel mystère demeure à jamais caché sous ce silence. Il va sans dire que la loyauté du baron de Vaudelnay, devenu le fiancé de mademoiselle Scarpi, dut se montrer moins réservé à l'égard du chef de famille. Une chose est certaine : le voyageur fut informé que les portes de la maison paternelle ne pouvaient se rouvrir que pour lui seul. Ce n'était pas le moyen de changer la résolution d'un homme de sa trempe. Il me le disait lui-même :

— Je serais plutôt rentré à Vaudelnay sans ma tête que sans la femme à qui j'avais donné ma foi.

Le mariage eut lieu, mariage suivi, selon le récit laconique de mon oncle, « de vingt ans d'exil, de pauvreté et de bonheur ». Il ne m'en raconta pas davantage sur cette période de sa vie, et je me souviens que cette froide réserve fut pour ma curiosité de jeune homme un étonnement, aussi bien qu'une déception. Je n'avais pas encore compris qu'il est des bonheurs que l'on savoure à genoux, silencieuse-ment, tant qu'il durent, que l'on enferme plus mystérieusement encore dans son cœur quand ils ne sont plus...

Ces vingt ans d'azur et de paix finirent brusquement dans la nuit sombre de l'orage. La mort prit à mon oncle celle qui était la plus grande part de sa vie, mais, sur la tombe à peine fermée, une rose éblouissante fleurissait. Laura Scarpi laissait une fille de dix-huit ans, celle qui devait être la mère de Rosie.

Pauvre oncle Jean ! Quand il était obligé de parler de son bonheur perdu, les mots ne sortaient qu'avec effort de ses dents serrées. Et quand il arrivait à des souvenirs douloureux, c'était encore pis, si bien qu'il fallait toujours deviner des choses qu'il ne disait pas.

Il me laissa donc deviner plutôt qu'il ne m'apprit l'autre catastrophe de sa vie. Un jeune Anglais, cadet d'une grande famille, vint à Florence et fut frappé de ce même coup de foudre qui avait décidé de l'existence du baron de Vaudelnay. Celui-ci n'avait jamais été d'humeur facile, mais le malheur avait encore aigri son caractère indomptable. Froissé de certaines assiduités qu'il jugea compromettantes, dévoré à l'égard de sa fille de cette jalousie maladive dont les pères qui ont beaucoup aimé offrent

6.

parfois l'exemple, croyant, pour tout dire, à
une vulgaire tentative de séduction, le bouillant
Français fit un éclat. Sir George Melvil ne sut
pas ou ne voulut pas s'expliquer; d'ailleurs, à
cette époque, la haine entre les deux nations
atteignait son apogée. Une rencontre eut lieu
dont le souvenir resta imprimé à tout jamais en
creux dans la boîte osseuse de mon oncle. Enfin
je venais d'apprendre pourquoi il s'était battu
avec « le monsieur ».

— Il faut être juste, ajouta mon oncle, je
m'étais battu un peu vite avec cet étourdi de
George, et, quand je me réveillai dans mon lit
d'un cauchemar assez long, il m'eût été difficile
de dire lequel était le plus désolé de ce diable
de garçon ou de ma pauvre fille.

Il était écrit que les Vaudelnay de cette génération devaient tous mourir octogénaires.
L'oncle Jean se guérit contre tout espoir et,
comme sa blessure l'avait rendu plus patient, il
voulut bien prêter l'oreille à des explications
qui d'abord le satisfirent. L'amour avait pu
faire perdre la raison à sir George, mais ce
jeune homme n'avait jamais perdu le respect :

l'objet de sa passion soupçonnait à peine l'étendue du mal causé par ses beaux yeux.

L'oncle Jean reprit confiance et crut, voyant
sa fille si calme, qu'il en serait quitte pour une
gouttière dans la voûte de son crâne. Il comptait sans les surprises perfides de l'amour.

Ma jeune parente s'éprit à son tour d'une
ardente affection pour l'homme qui avait failli
la rendre orpheline, et quand le blessé fut délivré des médecins, ce fut pour entendre une
autre antienne. Donner sa fille à un Anglais, à
un protestant, à un cadet sans fortune! Il serait
mort plutôt, car, en dépit de l'opinion défavorable que les siens avaient de lui, il était resté
de cœur et d'esprit aussi Vaudelnay qu'un Vaudelnay peut l'être. Sir George essuya le plus
énergique refus. La nouvelle Chimène se jeta aux
pieds de son père en les arrosant de ses larmes,
mais il faut croire que mon oncle n'admettait
pas les dénouements à la façon de Corneille.

— Entre moi et cet étranger tu dois choisir,
dit-il à sa fille. Si tu te décides pour lui, je te
jure que tu n'entendras plus parler de moi jusqu'à ta mort.

Ma belle parente avait dans les veines le sang
des Vaudelnay renforcé par du sang de Floren-
tine. Elle se prononça pour l'étranger. Peut-
être croyait-elle que le serment de son père ne
tiendrait pas devant sa tendresse. Pauvre infortunée! Il fallait qu'elle connût bien peu celui
dont elle était la fille! Jamais, hélas! serment
inhumain ne fut mieux tenu.

Les nouveaux époux partirent pour l'Angleterre, et l'oncle Jean, seul au monde désormais,
vint frapper à la porte de Vaudelnay que rien
ne tenait plus fermée, à cette heure, devant cet
enfant prodigue de cinquante ans. Bien qu'il se
soit montré, le pauvre vieillard, aussi discret
sur ce point que sur les autres, j'ai pu comprendre, néanmoins, que ni son frère ni ses
sœurs n'ont arraché aux pâturages de Vaudelnay le moindre veau gras pour fêter son retour.
On l'accepta et l'on voulut bien ne pas ouvrir la
bouche sur ses erreurs passées, mais rien de
plus. D'ailleurs mes propres souvenirs étaient
encore vivants. Je revoyais l'oncle Jean silencieux, renfermé en lui-même, presque isolé au
milieu des siens. Il était évident que l'orgueil

austère des Vaudelnay ne lui avait jamais par-
donné deux crimes : sa propre mésalliance et
l'union de sa fille avec un Anglais hérétique,
bien que, de bonne foi, ce dernier malheur ne
lui fût guère imputable.

Mais il était réservé à d'autres chagrins. Tout
d'abord il eut la douleur d'apprendre que sir
George Melvil n'avait pas été beaucoup mieux
accueilli en Angleterre que lui-même ne l'avait
été en France. A son gendre on reprochait
d'avoir épousé une étrangère sans fortune,
catholique, fille d'une mère sans naissance. De
plus ce mariage faisait évanouir les rêves brillants d'une autre union plus avantageuse,
caressés depuis longtemps pour son fils par
lord Melvil, le grand-père maternel de Rosie.

Le jeune couple vécut donc à l'écart, aussi
pauvre mais non moins béni par l'amour que
l'avait été l'oncle Jean dans sa petite maison
de Florence. Puis encore une fois la mort fit
son œuvre maudite; du moins elle ne sépara
point ceux qui s'aimaient : sir George et sa
femme encore jeune se suivirent dans la tombe
à quelques semaines de distance, laissant la

petite Rosamonde, âgée de six ou sept ans, sans
autre appui que son aïeul maternel. Que pouvait le vieillard, sinon de pardonner à sa fille
mourante et de venir frapper avec l'enfant à la
porte du manoir de famille?

— C'est ce que je fis, dit mon oncle en achevant son récit. Tu étais là; tu as tout vu... Au
propre comme au figuré, l'on peut dire que tu
as ouvert à ta cousine les portes de Vaudelnay.

— Qui ne se sont jamais refermées, ajoutai-
je avec un mouvement d'affection très sincère.
Oncle Jean! pourquoi ne viendriez-vous pas
chez nous pour y passer les vacances avec
Rosie? Mes parents seraient si heureux! Ma
cousine aussi, j'en suis sûr.

Un éclair brilla dans les yeux du baron, tellement que je m'attendais à le voir accepter
séance tenante. Puis subitement, — sur ce beau
visage loyal de vieux gentilhomme on lisait
comme sur celui d'un enfant, — une expression d'embarras, presque de crainte, vint suc-
céder à la joie. L'oncle Jean baissa les yeux.
Dieu me pardonne! on aurait pensé que je
l'intimidais. Je crus avoir deviné ce qui causait

cet air déconfit, et, comme j'étais encore tout
vibrant de l'enthousiasme causé par le récit
romanesque à peine achevé, je fis appel à toute
ma diplomatie et je dis d'un ton plaisant :

— Tenez, mon oncle, je vois où le bât vous
blesse. Gageons que vous avez fait quelques
folies de jeune homme et que... vous êtes en
avance sur votre pension. Pourquoi ne renver-
serions-nous pas, dans l'occasion, le vieil
ordre des choses? Assez longtemps l'on a vu les
oncles prêter quelques louis à leurs neveux
pris de court par leurs fredaines...

— Tu es un brave garçon ! interrompit mon
oncle en me tendant la main. Parole d'honneur! j'accepterais ce que tu m'offres s'il en
était besoin, ne fût-ce que pour édifier les
neveux de l'avenir en leur montrant que les
oncles rendent ce qu'ils empruntent. Mais la
question d'argent n'est pas ce qui m'arrête.
Une ou deux affaires impossibles à remettre
me retiennent ici pour une semaine ou deux,
peut-être plus.

— Qu'à cela ne tienne. Quand vos affaires
seront finies, mettez-vous en route. En arrivant

à Vaudelnay, je vais faire mon rapport à mes parents et, bon gré mal gré, ils vous obligeront à nous rendre visite. Nous viendrions plutôt tous trois vous chercher !

— Bon, fit mon oncle. Nous verrons ; je ne dis pas non. En attendant, charge-toi pour eux de toutes nos tendresses.

L'heure était venue de prendre congé, chose d'autant plus facile qu'on ne faisait rien pour me retenir. Mon oncle, évidemment, ne tenait pas à me voir rencontrer ma cousine. Il m'accompagna jusqu'à l'escalier, à travers un véritable dédale de fleurs, de plantes vertes et d'oiseaux.

— Si j'en juge par ce que j'aperçois, remarquai-je, votre petite-fille est restée campagnarde.

L'oncle Jean leva les yeux au ciel avec un désespoir comique.

— Tu ne vois rien ! gémit-il. Rosie nourrit des poissons rouges dans sa chambre, et dans un coin du grenier, Lisbeth, à ses heures perdues, soigne l'éducation d'une famille de lapins blancs. En voilà qui doivent s'amuser !

— Des lapins de la race de Vaudelnay, peut-être? demandai-je en songeant à l'admiration de Rosie pour mes élèves de jadis.

— C'est bien possible, fit mon oncle d'un air distrait.

Nous nous quittâmes en nous disant : — *A bientôt,* — locution parallèle à cette autre : *Votre couvert est toujours mis.* La phrase est courte, harmonieuse et n'engage rien.

J'arrivai le surlendemain soir à Vaudelnay, moulu par les fatigues d'un voyage interminable, car j'avais tenu à ne pas quitter *Annibal* que le chemin de fer énervait beaucoup, et que je désirais offrir intact à l'admiration des Poitevins en général et de mon père en particulier.

XI

Le château était rempli de monde.

— Nous n'avons pas voulu que tu t'ennuies dans ta famille, me dit mon père tout en m'accompagnant dans ma chambre où j'allai rapidement passer un habit, car le dîner attendait.

Il me fit alors l'énumération de nos hôtes. Il en parlait avec tant d'intérêt, de plaisir et d'animation que je soupçonnai, — ceci entre nous, — qu'en faisant provision de tous ces remèdes fort agréables contre l'ennui, mon excellent père avait songé aussi un peu à lui-même.

Une heure après, mes soupçons étaient loin d'avoir diminué, et Dieu sait si je condamnais

ce besoin de distractions dans l'âge mûr, chez
un homme dont la première et la seconde jeunesse avaient été moins que dissipées, j'avais
pu le voir de mes yeux.

Ah! comme il était changé, mon cher Vaudelnay, depuis que *les ancêtres* avaient émigré
pour toujours sous les dalles armoriées de la
chapelle!

De tous les êtres vivants que j'y avais connus,
quatre seulement s'y trouvaient encore : mon
père, ma mère, moi et le jardinier devenu un
personnage important, vêtu comme un monsieur, commandant une escouade nombreuse
de fleuristes, de légumistes et de manœuvres.
Le « clos » d'autrefois n'existait plus. Il était
changé en un vaste parc ondulé de monticules,
creusé de pièces d'eau, coupé de plantations
savantes, derrière lesquelles se dissimulait le
potager, comme un beau-père bourgeois se
cache dans le coin du salon de sa fille devenue
duchesse. Des serres grandioses, des écuries
modèles étaient sorties de terre. Des domestiques corrects et distingués fourmillaient silencieusement dans les corridors. Si l'on avait

parlé de prière en commun à cette valetaille
perfectionnée, je gage que nous aurions été
« empoignés » de la belle sorte dans le *Siècle*
du surlendemain.

Quant aux invités, c'était la crème de la province, de la crème battue chaque année par un
séjour à Paris. Les gens arriérés et ennuyeux,
les gentillâtres de l'ancienne école, les châte-
laines à robes de bure et à trousseaux de clefs
n'étaient point de cette joyeuse série, non
plus que les jeunes filles à marier, car, d'après
les idées de mon père, je n'étais point de ces
victimes qui doivent marcher à l'autel encore
blanchissantes sous le duvet de leur première
toison.

A défaut de jeunes filles, les jeunes femmes
ne manquaient pas chez nous. En arrivant au
salon éblouissant de lumières, j'eus le plaisir
d'en compter jusqu'à trois remarquablement
jolies, et nous n'étions pas au dessert que l'une
d'elles, à côté de qui j'avais ma place, me té-
moignait, à n'en pouvoir douter, qu'elle me
faisait l'honneur de me prendre au sérieux.
Dans le cours de la soirée, dont quelques tours

de valse combattirent victorieusement la monotonie, la seconde et la troisième de ces dames
voulurent bien me témoigner successivement
des dispositions non moins rassurantes.

Être pris au sérieux ! Douceur à nulle autre
pareille pour un éphèbe de vingt-trois ans,
habitué à la bienveillance défiante des mon-
daines de Paris pour qui la valeur semble ne
pouvoir aller sans le nombre des ans !

Ah ! la bonne soirée, passée entre le sourire
de ma mère tout heureuse de me revoir, et
d'autres sourires... moins maternels ! Pour la
première fois la vie, l'espérance, la jeunesse,
me disaient clairement toute sorte de choses
agréables que leurs voix confuses m'avaient
seulement chuchotées à l'oreille jusque-là.

— Heureux mortel ! tu as devant toi de
longues années d'avenir. Tu es riche, ton
entretien plaît aux femmes ; ta tournure ne les
fait pas fuir ; ton nom peut contenter les plus
difficiles. Enfin, pourquoi faire le modeste ? tu
es joli garçon. Va, tu es né sous une heureuse
étoile ; ton père est fier de toi, le sourire de ta
mère te caresse ; tu peux prétendre à tout !

Je crois en vérité que, sans sortir de Vaudelnay, j'aurais pu prétendre, sinon à tout, du
moins à de sérieux progrès dans les bonnes
grâces d'une ou deux des charmantes personnes qui s'y trouvaient. Mais, sans avoir l'air
d'y toucher, ma mère veillait au grain, et si,
parfois, ce genre de récréation qu'on nomme
aujourd'hui le flirtage semblait prendre des
proportions inquiétantes, deux grands yeux,
encore aussi beaux qu'ils étaient honnêtes,
rappelaient les étourdis à la raison avant que
l'ombre d'une inconséquence fût commise.

Et l'oncle Jean? Et la cousine Rosie? va-t-on
dire. Et l'invitation annoncée!

J'en jure par le Styx, rien de tout cela n'était
sorti de ma mémoire. Le lendemain de mon
arrivée à Vaudelnay, après une visite matinale
à la boxe d'*Annibal*, où tout allait bien, Dieu
merci! je m'enfonçai seul dans le parc et me demandai sérieusement quel était le meilleur parti
à prendre. A n'en pouvoir douter je savais que
mes parents, sur un signe de moi, dépêche-
raient au besoin trois ambassadeurs vers les
habitants de la rue d'Assas, pour les ramener

triomphalement en Poitou. Ce signe, était-il prudent de le faire ? Du côté de mon oncle, rien qui pût embarrasser. S'il faut parler en toute franchise, il était passablement morose, pour ne pas dire misanthrope. Mais, à son âge, de pareils défauts s'excusent ; d'ailleurs il les rachetait par son esprit du siècle passé, toujours fin et mordant, remarquable de charme dans les bons jours. En somme il n'était pas un château de France et de Navarre où un tel hôte ne se trouvât fort à sa place.

Malheureusement je me sentais moins à l'aise en ce qui concernait Rosie. Je ne l'avais pas vue depuis assez longtemps et me souvenais d'elle comme d'une personne grande pour son âge, assez maigre, avec quelque chose de *désuni* dans la tournure et la démarche, pour parler ce langage hippique volontiers employé par mes amis d'alors, quand ils peignaient les avantages et les imperfections des êtres du beau sexe. Jolie, mon impression n'était pas qu'elle le fût ; à vrai dire, je ne m'étais jamais demandé si elle l'était ou non. Mais, pendant plusieurs années de ma vie, j'avais entendu des voix sévères dire à ma pauvre cousine, pour peu qu'elle eût le malheur de se regarder du coin de l'œil en passant devant une glace :

— Quel plaisir une petite fille peut-elle avoir à se mirer quand elle est aussi laide ?

J'ignore si ces affirmations répétées avaient fini par convaincre la coupable de sa laideur. Quant à moi, la chose ne faisait plus un doute : laide elle était venue au monde, laide elle vivrait, laide elle devait mourir. D'ailleurs j'étais habitué au luxe, à l'élégance du grand monde où j'étais entré du premier coup, avec l'avidité du poisson remis à l'eau qui gagne le fond en quelques battements de nageoires. D'après mon goût d'alors, une femme ne pouvait être jolie si elle était mise pauvrement, et, pour de trop bonnes raisons, la toilette de Rosie ne devait pas ressembler à celle de mes fringantes amies. Enfin le souvenir qu'elle m'avait laissé était celui d'une personne concentrée, taciturne, très timide ou très fière, les deux probablement. Quelle figure ferait la pauvre enfant au milieu des femmes jeunes ou habilement conservées, qui remplissaient Vaudèlnay de leurs éclats de rire, de leurs mots drôles ou du frou-frou de leurs robes? N'était-ce pas lui rendre un mauvais service que de l'exposer aux avanies presque inévitables d'un contact peu fait pour la mettre en relief? La réponse à cette question ne me semblait pas douteuse, d'autant plus qu'au train où marchaient les choses, je n'entrevoyais guère pour moi la possibilité de m'occuper de ma jeune parente : tout mon temps était déjà tellement pris!

Le pour et le contre bien considérés, il me parut prudent de laisser l'oncle Jean et sa petite-fille dans leur quatrième étage de la rue d'Assas, jusqu'à l'époque, plus ou moins prochaine, où nous serions rentrés dans le calme à Vaudelnay. De cette façon nous jouirions mieux de leur présence, et les agréments de la villégiature ne pourraient qu'être augmentés pour eux : c'était profit pour tout le monde.

Malheureusement, la première série d'invités partie, nous ne fûmes pas longtemps sans voir arriver la seconde, celle des chasseurs. Mon père disait à qui voulait l'entendre :

7.

— Je veux que mon fils s'amuse à Vaudelnay, pour lui ôter toute envie de nous quitter et de s'amuser ailleurs.

Mais je voyais de plus en plus que mon père, secrètement attristé par les progrès d'une maladie lente qui l'emporta, mettait sur mon compte le besoin de distractions qu'il éprouvait pour lui-même. Quant à ma mère, elle n'avait d'autres désirs que ceux de son mari. Pour une raison ou pour une autre, les longues vacances de l'École de droit passèrent pour moi comme un rêve.

Quelques visites de voisinage à rendre à des parents ou à des amis, tous gens fort gais, achevèrent d'employer mon temps. Bref, quand l'aurore du 14 novembre vint à luire, l'oncle Jean et sa petite-fille étaient toujours chez eux, ou du moins, s'ils n'y étaient plus, je n'étais pour rien dans leur déplacement.

Je devais quitter mes parents le soir après dîner pour aller prendre l'express. Dans l'après-midi, mon père me pria de passer dans son cabinet et me tint à peu près ce discours :

— Mon cher ami, tu vas retourner là-bas.

Entre nous, je n'attache pas une importance exagérée à te voir devenir de première force sur le Code, mais j'attends de toi que tu deviennes un homme du monde accompli, et je conviens volontiers que tu es en bonne voie. Tu me rendras cette justice que je te laisse toute liberté, moi qui n'ai jamais su ce que c'est que d'être jeune et libre.

Il s'arrêta quelques instants et poussa un soupir dans lequel je devinai le regret douloureux de la jeunesse disparue. J'aurais voulu pouvoir consoler mon père; je le revoyais encore, plus jeune de quinze ans, occupant silencieusement sa place au bout de la table présidée par les *ancêtres*. Mais que pouvais-je lui dire?... Bientôt il reprit :

— N'oublie jamais que tu t'appelles Vaudelnay. Il y a en France des centaines de noms plus illustres, un nombre assez petit de plus anciens, pas un seul plus intact. Dans deux ou trois ans, s'il plaît à Dieu, tu seras l'un des meilleurs partis de la bonne société. Ne gâche pas tous les avantages réunis en toi d'une façon rare. Tâche de ne pas faire de folies; du moins

n'en fais pas de malpropres. Pour cela fré-
quente beaucoup le monde et seulement le
meilleur, bien que j'entende dire qu'il se gâte
terriblement. Tu viendras nous faire une visite
en hiver, n'est-ce pas?

Je partis, sans *Annibal* cette fois, un de mes
amis de province m'ayant acheté le cheval un
bon prix pour la saison des chasses. Quelle joie
de retrouver mon coquet appartement, de
revoir le cher boulevard! En allant prendre
mon inscription le jour même de mon arrivée,
je songeai que l'École est assez près de la rue
d'Assas. L'occasion eût été bonne pour faire
une visite à Rosie. Mais des camarades rencontrés au secrétariat m'entraînèrent, et je rega-
gnai la rive droite sans avoir accompli ce pieux
devoir.

XII

A part un ou deux, les salons de ma connaissance étaient encore fermés ; mais je n'eus pas le temps de m'ennuyer pendant les premiers jours. Je déposai quelques cartes, j'eus plusieurs entretiens sérieux avec mon tailleur, je réglai quelques notes arriérées. Ensuite il fallut trouver des chevaux, deux pour le phaéton, un pour la selle, puis me mettre d'accord avec le carrossier, faire choix d'une écurie plus grande, m'assurer le concours d'un spécialiste anglais — qu'auront pensé les mânes des *ancêtres !* — pour lui confier mon attelage.

Ces diverses démarches terminées, j'étais sur le point de connaître l'ennui, quand le hasard mit sous mes pas une distraction, et des plus charmantes.

Elle n'était pas du grand monde, à vrai dire, mais la haute bourgeoisie a du bon dans certain cas. Elle avouait trente ans. Riche, très jolie, cachant sous l'extérieur le plus correct un goût secret pour les aventures, elle sembla, dès notre première rencontre, attacher quelque prix à mes attentions. Dédaignant la fausse modestie, je dirai même que mes progrès dans sa faveur furent singulièrement rapides. Je n'étais pas allé six fois chez elle (son mari était toujours absent, mais, Seigneur, quelle nuée de domestiques et de gouvernantes !) qu'elle me demanda si j'étais connaisseur en peinture. Avec la candeur d'un jeune homme sans expérience, je confessai que cet art m'était totalement étranger.

— C'est dommage ! fit-elle avec un sourire qui me rendit peintre subitement. Je vous aurais demandé de vouloir bien me guider, un de ces jours, dans une promenade aux galeries du Louvre.

Aujourd'hui, n'en déplaise à certains romanciers, le Louvre est terriblement démodé, tout au moins pour cet usage spécial. Mais alors il n'était pas ridicule. Notre promenade artistique eut lieu dès le lendemain, et nous n'avions pas fait cinquante pas dans le salon Carré que j'étais revenu de ma crainte d'étaler une ignorance honteuse. Je n'eus même pas l'occasion de découvrir si ma compagne était plus savante que moi, car elle ne fit aucun effort pour ramener vers la peinture un entretien qui, dès la première minute, avait pris une direction toute différente. C'était la première fois qu'il m'arrivait de *faire la cour* selon toute l'étendue et toute la signification — future et présente — que comporte le mot, et j'observai dans cette occasion, comme dans d'autres du même genre, que les paroles, en pareil cas, importent infiniment moins que la musique. Bref, tout marchait au mieux pour une première audition. Nous allions lentement à travers les salles presque désertes, causant d'assez près pour pouvoir parler à voix basse, lorsque je fus ramené sur la terre, des cieux où je planais, par cette exclamation soudaine en langue étrangère qui vint me frapper à brûle-pourpoint :

— Oh ! master Gastie !

Je tressaillis comme si le roi Charles IX
s'était dressé devant moi avec sa problématique
arquebuse, et je reconnus Lisbeth. Je crois,
Dieu me pardonne, qu'elle était occupée au
même tricot qui l'absorbait jadis, à Vaudelnay,
tandis qu'elle surveillait les essais d'horticulture tentés de concert avec ma cousine. Instinc-
tivement je cherchai celle-ci des yeux, et la
trouvai sans peine assise à un chevalet qui portait la copie naissante d'une Vierge quelconque.

Personne ne voudrait croire que la rencontre
fût prodigieusement agréable pour aucun de
nous, si ce n'est pour Lisbeth qui exultait.
Rosie paraissait fort contrariée. Sans doute
elle éprouvait peu de plaisir à être surprise,
dans son costume de travail moins qu'élégant,
par un cousin et une inconnue qui étaient l'élégance même. Quant à moi, dépositaire du secret
et responsable de l'honneur d'une femme, j'aurais voulu être à cent lieues. On devine que ma
compagne n'était guère plus à l'aise. Nous nous
regardions sans parler, et la situation commençait à toucher au ridicule, lorsque ma cousine,

avec un tact remarquable, me tendit la main comme si ma présence, dans cet endroit, eût été la chose la plus naturelle du monde.

— Vous voilà de retour? me dit-elle d'une voix richement timbrée, bien qu'agitée d'un tremblement imperceptible. Mon oncle et ma tante vont bien?

Je répondis sur le même ton et m'étendis en éloges sur la peinture de Rosie, sans quitter le bras de celle que j'appellerai désormais madame X***.

— Quand vous trouve-t-on chez vous? demandai-je pour couper court à une conversation qui, malgré tout, manquait de charme.

— Tous les jours après cinq heures.

— J'irai bientôt vous voir. Mon oncle se porte bien?

— Très bien, merci! Au revoir, mon cousin!

— Au revoir, ma cousine!

J'entraînai doucement ma compagne loin des lieux témoins de cette rencontre funeste. Je pleurais déjà sur les ruines de mon bonheur. Cinq minutes plus tôt, madame X*** me jurait qu'elle commettait pour la première fois une

« imprudence » de ce genre, qu'à aucun homme
avant moi elle n'avait dit une parole que son
mari ne pût entendre. Aussi je m'attendais à
une scène terrible de reproches, peut-être même
à une rupture prématurée, bien qu'à tout
prendre l'idée de « l'imprudence » en question
ne me fût guère imputable. Mais, à ma grande
surprise, ma belle amie fit preuve d'un sang-
froid que nul ne se serait attendu à trouver chez
une débutante. Elle me demanda d'un air singulier :

— Vous ne saviez donc pas que votre cousine
vient au Louvre copier Murillo ?

— D'abord, c'est ma cousine si l'on veut, répondis-je avec diplomatie. Nous devons être
parents au vingtième degré. Elle est sans fortune et ne va pas dans le monde. Ainsi n'ayez
aucune crainte...

— Mais vous semblez très intimes ?

Je racontai brièvement l'histoire de Rosie et
notre éducation sous le même toit jusqu'à mon
entrée au collège.

— Et vous n'en avez jamais été amoureux ?
questionna ma compagne.

Amoureux de Rosie ! moi !

L'idée par elle-même était si plaisante que j'éclatai de rire.

— Pauvre enfant ! dis-je, quand j'eus repris mon sérieux; je ne la vois pas rendant quelqu'un amoureux d'elle.

Madame X*** me regarda comme pour voir si je parlais sérieusement. Puis, sans doute édifiée par cet examen, elle ramena la conversation vers des sujets que nous préférions l'un et l'autre. Cinq minutes après, un fiacre hélé sur le quai ramenait ma déesse dans l'Olympe conjugal. Alors, libre de mes actions, je remontai dans la salle où peignait Rosie. Enfin, j'allais pouvoir m'entretenir avec un être humain de ma nouvelle conquête.

La jeune artiste s'était remise à sa Vierge, Lisbeth avait repris son tricot. Je m'approchai avec le même air d'importance mystérieuse que devait avoir d'Artagnan quand il rapportait d'Angleterre les ferrets de la reine, et, parlant de façon que ma cousine seule pût m'entendre :

— Ma bonne Rosie, je compte sur vous pour

n'ouvrir la bouche à personne de ce que vous
venez de voir.

En une seconde, elle eut le temps de rougir
et de devenir pâle, tenant fixés sur moi ses yeux
noirs, honnêtes et francs comme ceux de son
grand-père.

— Soyez sans crainte, répondit-elle simplement.

Puis, avec un sourire un peu triste, elle
ajouta :

— D'ailleurs, à qui pourrais-je en parler ? Je
ne vois personne.

— Et vous venez souvent ici ?

— Tous les jours.

— Pour peindre des copies ?

— Entre nous, je crois que mes originaux ne
feraient pas bonne figure au Louvre.

— Mais, grand Dieu ! m'écriai-je étourdiment,
vous devez avoir tout un musée de copies rue
d'Assas. Quand j'irai vous voir, vous me mon-
trerez la collection.

Elle s'était remise à travailler avec le sérieux
que, dès son enfance, elle apportait dans toutes
ses entreprises.

— Mes copies sont un peu partout, répondit-
elle avec plus de mélancolie que d'embarras.
Je les vends aux églises qui trouvent les vrais
Murillo trop chers.

— Pauvre Rosie ! pensai-je. Moi qui l'accusais
d'abandonner l'oncle Jean pour le plaisir d'aller
barbouiller des toiles ! Ce n'est pas son plaisir
qu'elle cherche en peignant !

Je me sentais pris, pour cette fille simple
et courageuse, d'une grande estime et d'une
sincère affection. Et puis elle était ma confidente, la confidente de mon premier se
cret de jeune homme. Avec le besoin que nous
avons tous de revenir au sujet qui nous tient
au cœur, je lui dis, très fier du mensonge
auquel mes devoirs de gentilhomme m'obli-
geaient :

— Vous savez, cousine : vous auriez tort de
supposer qu'il y a... entre moi et cette dame...
des choses....Mais une femme est si vite com-
promise ! A votre âge on ne se rend pas compte
de certains dangers.

—Oh ! répondit-elle en me regardant encore
une fois, j'ai vingt ans par l'âge; mais j'en ai

trente par la vie que je mène. Je me sens tellement votre aînée, Gastie !

J'éprouvais je ne sais quel plaisir inconnu
à entendre sa voix chaude et, tout en l'écoutant, je venais seulement de remarquer un détail, c'est que, d'un commun accord et sans
nous en douter, nous employions le *vous* de
puis une demi-heure, au lieu du *tu* de notre
enfance.

— Pourquoi, lui demandai-je à brûle-pourpoint, ne nous tutoyons-nous pas ici comme à
Vaudelnay?

Ma question l'avait contrariée sans doute, car
elle éloigna d'un geste brusque son pinceau de
la toile.

Je crus comprendre que je l'empêchais de travailler et qu'elle aurait déjà voulu me voir
parti.

— Vous venez de le dire vous-même, fit-elle.
Nous ne sommes plus à Vaudelnay.

J'eus un élan d'effusion dont je me sentis tout
fier. Pourquoi n'apprécierions-nous pas les bons
sentiments en nous comme nous les estimons
chez les autres ?

— Qu'importe? répondis-je. Ne sommes-nous pas de bons camarades comme autrefois? Écoute, Rosie, n'aimerais-tu pas avoir un compagnon dévoué, sûr, qui n'aurait rien de caché pour toi, te consulterait même, au besoin; car je trouve, moi aussi, que tu as l'air d'être mon aînée. Je viendrais te voir souvent. Tu ne sais pas avec quel plaisir je te retrouve. Je t'assure que j'ai bon cœur et que je t'aime bien.

— J'en suis convaincue, dit-elle d'un air quelque peu distrait, tout en commençant à ranger son attirail. Donc nous voilà redevenus bons amis. Quand tu monteras chez nous, si tu désires m'y trouver, n'arrive pas avant cinq heures. Je crains seulement d'être un camarade assez peu amusant. Je ne connais personne et ne sais rien de ce qui se passe.

— Comment peux-tu dire cela? fis-je en riant. Tu es au courant de tout. L'oncle Jean savait par toi le résultat de mes derniers examens.

— Lui dirai-je que nous nous sommes vus? demanda-t-elle sans répondre à ma phrase.

Je fus forcé de convenir qu'il valait mieux ne
point parler de ma visite au Louvre, attendu
les circonstances délicates qui l'avaient signalée. Nous nous quittâmes en nous promet-
tant de nous revoir bientôt.

XIII

J'étais le plus heureux des hommes, le plus fier aussi : je possédais un trésor dans la personne de madame X***; je savourais les joies de ma première conquête sérieuse. Je ne vivais plus que pour cette femme. Je cherchais à la retrouver dans le monde, — moins aristocratique que celui de mes débuts, — où je la suivais presque chaque soir.

Lorsque des devoirs odieux la tenaient éloignée, je n'avais qu'une seule consolation : penser à elle; un seul désir : en parler. Ce n'était pas que des tentations charmantes ne vinssent, presque chaque jour, mettre ma cons-

8

tance à l'épreuve. On aurait dit, ma parole, que je portais ce nom bien-aimé sur mon chapeau, de même que les matelots arborent en lettres d'or le nom du bâtiment où ils servent. J'ose dire qu'il n'aurait tenu qu'à moi de m'engager sous d'autres couleurs. Coquetteries, regards langoureux, insinuations plus ou moins claires, billets anonymes ou signés, tous les traits de l'arsenal féminin pleuvaient sur moi comme sur une cible vivante. Mais j'avais juré à la reine de mon cœur de l'adorer jusqu'à mon dernier soupir, et j'étais bien résolu à tenir mon serment. Je recevais sans me fâcher les œillades, les prévenances, voire même les billets ; mais je restais de marbre, et cette indifférence, comme il arrive toujours, semblait redoubler l'audace des agressions.

Je n'avais pu m'empêcher, tout d'abord, de parler à quelques amis intimes de la passion qui me dominait. Mais à peine commençais-je à leur vanter les charmes de madame X*** (je serais mort, bien entendu, avant de la nommer), que ces jeunes gens rispostaient par les louanges d'une madame Y*** quelconque et, par le diable! ils avaient l'infamie de la nommer, quelquefois.

Dans ces conditions, l'entretien prenait immédiatement les allures de ces églogues de Virgile où deux bergers s'évertuent, chacun à leur tour, à célébrer l'objet de leur flamme. Tout au contraire, je trouvais chez ma cousine un auditeur, sinon enthousiaste, du moins résigné à m'entendre et, surtout, n'ayant aucun motif personnel pour m'interrompre. Aussi, allais-je la voir assez souvent, presque toujours au musée. Rue d'Assas, nous trouvions un prétexte, à un moment quelconque de ma visite, pour laisser l'oncle Jean à ses livres; nous pouvions alors causer librement.

Certes, je n'avais garde d'oublier que je parlais à une jeune fille dont les oreilles devaient être respectées. Mais Rosie me l'avait avoué elle-même : au point de vue de la raison et du bon sens, elle avait trente ans.

— Pauvre amie! lui disais-je d'un air profond; tu en as dix en ce qui concerne l'amour. Tu ne sais pas ce que c'est!

Alors je commençais de véritables confé-

rences sur ce vaste sujet dans lequel je me
sentais passé maître, et, pareil à ces profes-
seurs de minéralogie qui appuient leurs doctrines en tirant des cailloux de leur poche,
j'illustrais les miennes en produisant, comme
échantillon, quelque billet reçu le matin,
quand il était de nature à passer sous les
yeux de mon élève.

Parfois, pour dire toute la vérité, l'élève
jetait sans s'en douter quelques gouttes d'eau
sur les convictions ardentes de son maître.
Cette innocente avait la manie des objections.
J'y répondais toujours et m'arrangeais pour
avoir le dernier mot, mais, de temps à autre,
en redescendant l'escalier, je me sentais
moins fier de moi, moins satisfait des autres,
moins assuré d'un avenir éternel de bonheur.
Cette enfant sans expérience avait des profondeurs de logique, des délicatesses de pénétration qui m'étonnaient. Ce que je lui pardonnais
le moins, c'était le peu d'envie qu'elle témoi-
gnait pour le bonheur que je donnais à une
autre, pour celui que j'en recevais. On aurait
dit que cet or était du cuivre à ses yeux.

— Va ! tu n'y entends rien, m'écriai-je un jour, impatienté ; tu es faite pour le pot-au-feu.

— Et toi pour la confiture de roses, me répondit ma cousine. Or le pot-au-feu est l'emblème de ce qui dure ; tu t'en apercevras tôt ou tard.

Depuis lors, dans nos grandes discussions, je l'appelais ironiquement « miss Pot-au-feu », à quoi elle ripostait en me demandant des nouvelles de madame « Confiture-de-Roses ». Plus vexé que je n'en avais l'air, je lui disais :

— Enfin, tu l'as vue ; tu ne peux pas nier qu'elle ne soit jolie?

— Peuh! répliquait ma cousine avec une moue, beau mérite quand on n'a pas autre chose à faire ! Donne-moi seulement sa couturière et sa modiste. Pour le reste, je m'en charge, puisque je sais peindre.

La première fois, je bondis à cette odieuse insinuation. Néanmoins, quand je me trouvai, quelques heures plus tard, en face de madame X***, je ne pus m'empêcher de l'examiner... autrement que je n'avais fait jusqu'alors. Et j'en voulus beaucoup à Rosie d'avoir eu de

8.

trop bons yeux. De quoi se mêlait cette petite fille ?

Vers la fin de l'hiver, je découvris quelque chose de plus grave, dont je faillis mourir de douleur. Madame X*** était une méprisable coquette, pour ne rien dire de plus, et se moquait de moi, tant qu'elle pouvait, avec un financier non moins connu par ses bonnes fortunes que par sa fortune.

Pendant deux jours la honte m'empêcha d'aller conter ma peine à Rosie. Le troisième je ne pus y tenir tant je me sentais malheureux, et j'étalai mes maux dans la mesure du possible aux yeux de ma confidente.

— Pauvre ami ! dit-elle. Je te plains de tout mon cœur.

Sa bouche prononçait des paroles de compassion, mais son visage brillant d'une sorte de rayonnement chantait une autre antienne. Sans doute elle éprouvait cette volupté si chère à toutes les femmes de pouvoir dire :

— Je l'avais bien prévu !

Elle ne le dit pas toutefois, et sagement elle fit, car je crois que je l'aurais battue.

— Ah ! Rosie, m'écriai-je. Que va-t-il arriver de moi ? Je ne me consolerai jamais. La fausse créature !

— Bon, fit-elle, d'autres te consoleront. Si je sais lire, il y a de par le monde quelques bonnes âmes toutes prêtes à réparer les torts de madame Confit...

Mes traits durent prendre un aspect terrible à cette plaisanterie, car ma cousine s'arrêta court.

Au bout d'une semaine, mon désespoir n'était pas calmé et je ne pouvais plus voir Paris en peinture. Je voulus essayer d'aller dans le monde par redoublement. Hélas ! la vue seule d'une femme me soulevait le cœur. Les unes m'exaspéraient par un air de moquerie insupportable que je croyais voir percer sous leur sourire. Les autres m'indignaient par je ne sais quelle expression de joie discrète. Supposaient-elles, par hasard, qu'elles allaient recueillir la succession de mon infidèle !

— Ah ! Rosie, m'écriai-je un jour, il est dur d'avoir mon âge, et de mépriser déjà toutes les femmes.

— Toutes? fit-elle en levant sur moi de grands yeux sévères.

— Oui, toutes! répondis-je en frappant du pied; à l'exception d'une sainte qui est ma mère.

— Et moi? demanda-t-elle avec un regard tout différent, le regard mouillé de la Rosie d'autrefois.

La question était si drôle dans sa bouche que je retrouvai la force de répondre par une plaisanterie.

— Oh! vous, miss Pot-au-Feu, vous n'êtes pas une femme, et je vous en félicite bien sincèrement.

La Providence eut pitié de moi. Le lendemain même j'apprenais qu'un de mes amis intimes venait d'acheter un yacht, et qu'il partait la semaine suivante pour une croisière dans les mers de Grèce et dans le Bosphore. Je courus chez lui et m'informai s'il pouvait me donner une cabine.

— Sauf la mienne, dit-il, je peux te les donner toutes. Je n'emmène personne.

— Allons donc! Ce grand voyage à toi tout seul? Quelle idée!

— Mon cher, je te préviens loyalement que je serai un compagnon lugubre. Je quitte la France pour tâcher d'oublier un grand chagrin de cœur, une cruelle ingratitude.

Je pris sa main et la broyai silencieusement dans la mienne.

— Et moi, dis-je à mon tour, je pars pour que la perfide qui m'a tué n'ait pas le plaisir de savourer mon agonie.

Ainsi lancés, nous nous montâmes la tête mutuellement. Heureusement qu'il s'agissait d'une simple promenade en yacht. Si nos jeunes désespoirs avaient suivi la direction moins hygiénique du revolver ou du poison, je tiens pour certain que nous nous serions grisés de nos paroles jusqu'à commettre quelque bêtise irréparable.

Séance tenante, nous délibérâmes sur bien des choses, notamment sur la question de savoir comment nous partirions. Mon ami tenait pour une disparition silencieuse et digne, quelque chose comme « un chagrin qui sombre dans l'inconnu », je me souviens encore de ses paroles.

Quant à moi j'étais d'un avis tout opposé.

— Pourquoi nous enfuir comme des voleurs quand c'est nous qui sommes volés, trahis, méconnus !

Je n'étonnerai personne en disant que mon opinion l'emporta. Nous commençâmes nos adieux, promenant partout nos airs accablés, comme les gens qui ont eu un duel promènent leur bras en écharpe.

Trois jours après, chacun savait dans le cercle de mes amis et connaissances que j'allais expirer d'un amour malheureux sur quelque rivage désolé de l'Archipel. Je n'avais prononcé aucun nom, trouvant la moindre indiscrétion, même en pareil cas, indigne d'un gentilhomme. Et cependant je pus constater que personne ne s'y trompait. C'était à croire que les bontés de madame X*** à mon égard, puis sa perfidie odieuse, avaient été affichées à la mairie parmi les publications de mariage.

O sublime lâcheté d'un cœur épris ! J'adorais plus que jamais l'infidèle ; j'aurais oublié tout orgueil sur un signe de sa main. Par je ne sais quel besoin d'humiliation volontaire, j'en fis l'aveu à ma cousine en lui disant adieu, la veille de mon embarquement.

— *Elle* sait que je pars, dis-je. Il est impossible qu'elle l'ignore. Je l'ai raconté à cent personnes. Me laissera-t-elle m'éloigner ainsi ? Ne vais-je pas trouver, en rentrant chez moi tout à l'heure, un billet avec ce simple mot : « Restez ! » Ne m'écrira-t-elle pas, dans quelque temps, d'interrompre mon voyage et de venir reprendre ma chaîne.

Ma cousine ne répondit pas, et l'air ennuyé de son visage me fit souvenir que, malgré les trente ans qu'elle se donnait, ses oreilles ne devaient pas en entendre davantage.

— Et toi, Rosie, dis-je pour quitter le sujet brûlant, je pense que tu m'écriras ?

— Bah ! fit-elle. Pour te parler de quoi ? Mes lettres seraient mortellement ennuyeuses.

— Mais non, mais non, protestai-je poliment. Tu me parleras de toi, de ta peinture, de l'oncle Jean. Tes lettres me feront le plus grand plaisir, au contraire. Je sais que tu es pour moi une amie dévouée et, quand le cœur souffre...

Je m'arrêtai, vaincu par l'émotion. Ma cousine me répondit avec un soupir résigné :

—Je t'écrirai puisque tu l'exiges. Ton adresse?

— Poste restante, à Constantinople.

Nous rejoignîmes l'oncle Jean et je pris congé de lui avec une cordiale poignée de mains. Je plantai deux gros baisers sur les joues de ma cousine, et je rentrai chez moi pour achever mes malles. J'avais prévenu mes parents que j'allais faire une excursion de deux mois, m'excusant sur la scudaineté du départ de ne point aller leur dire adieu.

« Je t'approuve, m'avait écrit mon père. A ton âge il est bon de voyager. Regarde bien pour te souvenir des belles choses que tu auras vues, pour nous les raconter au retour. Je t'envie. Comme tu vas t'amuser! »

Pauvre père, il ne se doutait pas que je partais avec la mort dans l'âme! Il parlait de retour... Le voyageur dont le désespoir conduit les pas sait-il où, quand, comment se terminera son odyssée?

Le moment du départ était arrivé sans que mon infidèle eût donné signe de vie. Mon ami et moi avions l'air de deux condamnés à mort, lorsque la *Galathée* nous emporta loin des côtes de la Provence, sur lesquelles nos yeux abattus cherchaient en vain deux ombres ingrates et oublieuses.

XIV

Que les âmes compatissantes se rassurent.
La montagne glacée de désespoir qui m'écrasait le cœur sembla se fondre à mesure que le charbon diminuait dans nos soutes. Il faut que l'air de la Méditerranée possède des propriétés singulièrement consolatrices, car nous n'avions pas encore touché à Naples que j'entrevoyais déjà la possibilité de vivre avec ma blessure.

— Je souffrirai jusqu'à mon dernier jour, pensais-je en voyant fuir le sillage bleu, lamé d'argent par l'hélice infatigable. Mais je sens que j'aurai la force de ne pas mourir. Seulement, qu'on ne me parle plus jamais d'amour! Que l'ironie de ce mot odieux ne frappe plus

jamais mes oreilles! Une seule femme pourra
se faire gloire d'avoir vaincu, subjugué, trahi
Gaston de Vaudelnay. Que les autres en pren-
nent leur parti! Désormais il défie tous leurs
décevants artifices.

Quand nous reprîmes la mer, après une visite à Pompéi, cette belle morte dont le suaire de
cendres s'est écarté sous des mains profanes, il
me semblait que le souvenir de madame X*** et
celui de toutes ces beautés dont je venais de
contempler les appartements et les bijoux,
comptaient un nombre de siècles à peu près
égal.

En longeant les côtes de Cythère, — nous
aurions rougi de perdre une heure pour y abor-
der, — je souriais avec orgueil comme si j'eusse
contemplé la capitale dévastée d'un ennemi
désormais impuissant. Ah! qu'il faut se garder
de ces inutiles fanfaronnades!

Au Parthénon, sous ces colonnes aux tons
d'ocre parmi lesquelles semble glisser encore la
blanche tunique aux longs plis de la chaste
déesse, des voix mystérieuses, mêlées à l'encens
des sacrifices, chantaient à mes oreilles :

— Vis sans aimer, et tu vivras heureux !

Et déjà j'éprouvais je ne sais quel vague bonheur de vivre, de respirer l'odeur des jasmins flottant à travers les rues poudreuses, de suivre d'un regard charmé les jeunes Athéniennes aux yeux noirs, allant remplir leurs amphores à la fontaine.

Enfin l'avouerai-je ? Tandis que je gravissais les pentes de Galata pour aller prendre mes lettres à la poste française de Constantinople, une pensée me préoccupait :

— Pourvu qu'*elle* ne m'ait pas écrit de revenir !

Car j'aurais été l'homme le plus contrarié du monde s'il m'avait fallu dire adieu si vite à cet Orient que j'entrevoyais à peine et qui déjà me captivait. Oh ! la ville sainte avec ses minarets et ses coupoles noyés dans la verdure ! Oh ! le Bosphore avec sa double bordure de palais endormis ! Oh ! les musulmanes drapées dans leurs satins clairs, laissant voir à travers la mousseline complaisante du *yachmak* leurs grands yeux noirs, si provocants sous la frange des cheveux dorés par le henné !...

Trois lettres seulement m'attendaient à la
poste : deux sur lesquelles je comptais, celle de
ma mère et celle de Rosie, la troisième d'une
écriture inconnue, ronde, moulée comme les
caractères d'un écrivain public. L'enveloppe carrée, en papier jaune, avait les allures froides
d'une correspondance d'affaires. Il ne faut pas
se fier aux apparences. Voici ce que je lus dans
la missive mystérieuse que j'avais ouverte tout
d'abord :

« Monsieur,

» Nous nous sommes rencontrés plusieurs
fois dans un salon qui porte un des plus vieux
blasons de France, mais je ne vous nommerai
pas les maîtres de la maison, pas plus que je ne
vous laisserai deviner qui je suis moi-même.

» Vous voudriez savoir au moins quels ont
été nos rapports, si nous avons souvent causé,
dansé ensemble, ce que nous nous sommes dit,
si je vous ai plu, si vous m'avez fait la cour.
Peut-être avez-vous la curiosité — flatteuse
pour moi — de connaître mon impression sur

votre personne. Voilà bien des questions, mais vous n'aurez de réponse qu'à la dernière. Vous intéresserait-elle moins que les autres? Avouez que non.

» Eh bien, monsieur, je pense de vous des choses... que je me suis bien gardée de vous dire, ou même de vous laisser soupçonner. Mais, s'il vous plaît, n'allez pas croire que c'est par modestie ou par crainte de vos dédains. Je connais vos goûts. Je vous ai trouvé parfois moins difficile pour d'autres femmes qu'il ne vous serait, à coup sûr, permis de l'être. J'ai constaté en vous des... indulgences faites pour encourager de moins modestes que moi — et de plus mal partagées. Mais qu'aurais-je gagné à me faire ouvrir les portes du temple? Je m'y serais trouvée en trop nombreuse compagnie! Je ne comprends que les chapelles bien fermées, avec un seul tabernacle et une lampe qui brûle fidèlement, sans jamais s'éteindre. Vos enthousiasmes, autant que je puis croire, ressemblent à ces décors de feu d'artifice qui s'embrasent tout à coup et disparaissent très vite, pour faire place au numéro suivant du programme.

» Avec tout cela — vous allez bien rire — j'ai beaucoup souffert et je souffre encore, car je vous aime. Eh! bien, ne riez pas trop ; ne dites pas : « Bon, encore une ! » Oui, je vous aime, et, sans doute, je ne suis pas la première qui vous l'écrive. Mais ce qui me distingue des autres, c'est que je vous aimerai toujours, et que vous ne saurez jamais qui je suis. Vous haussez les épaules ? Vous dites que je joue un air connu ? Vous verrez que non. Dans dix ans, vous n'en saurez pas plus qu'aujourd'hui. Et, dans dix ans, je vous aimerai encore.

» D'ailleurs, si j'étais comme les autres, je n'aurais pas attendu que vous fussiez à sept ou huit cents lieues de la France pour vous dire que ma pensée ne vous quitte pas, que je donnerais ma vie, si elle m'appartenait, pour embellir la vôtre, que vos yeux, quand ils rencontrent les miens, me donnent le plus grand bonheur que je me souvienne d'avoir connu.

» Et cependant la tendresse du meilleur et du plus noble des êtres m'entoure d'une constante adoration. Mais je vous aime, et je suis tellement malheureuse de ne vous l'avoir jamais

dit, que j'essaye de vous le dire afin de voir
si, désormais, je serai plus heureuse.

» Voilà tout, monsieur, et notre correspondance doit s'arrêter ici. Toutefois, il me serait
agréable de savoir que vous avez reçu cette
lettre qui contient — j'ai l'orgueil de le croire
— quelque chose de plus précieux qu'un paquet de billets de banque : un cœur qui ne
s'était jamais donné. Vous m'apprendrez sincèrement ce que vous pensez de cette folie. Mais
tout le bien ou tout le mal que vous pourrez
me dire n'empêcheront pas que ces lignes ne
soient les dernières écrites pour vous par

» UNE AMIE DÉVOUÉE. »

Pour toute signature, cette missive étrange
portait une pensée finement dessinée à la
plume. Le post-scriptum invitait à répondre
sous des initiales compliquées au bureau de
poste de la Madeleine, à Paris.

Quoi que l'on doive penser de moi, j'avoue-
rai que je relus deux fois cette lettre avant
d'ouvrir les deux autres, lesquelles, d'ailleurs,

ne contenaient rien, à beaucoup près, d'aussi
intéressant. Ma mère me donnait en détail les
nouvelles du jour de Vaudelnay, terminant sa
quatrième page par des recommandations ins-
tantes de bien me soigner et « d'être prudent
dans un pays où la vie des hommes est comptée
pour si peu de chose ». A coup sûr, en écrivant
ces lignes, ma chère mère avait des visions de
pals, de poignards et de sacs de cuir immergés
dans le Bosphore avec deux victimes — de sexe
différent — s'y débattant contre la mort.

Quant à ma cousine, en la lisant on croyait
l'entendre. C'était la même affection simple,
raisonnable, éloignée de toute exaltation de
pensée et de langage. Pauvre miss Pot-au-Feu !

Malgré tout, sa prose aurait pu me paraître
charmante, sans la rivale inconnue auprès de
laquelle cette âme naïve semblait singulièrement terre à terre. Qui était-elle donc cette
autre femme, romanesque et vertueuse tout à
la fois, dont l'amour tombait sur moi comme la
fleur parfumée qui effleure le front du voyageur traversant un bois d'orangers ? Comment
l'avais-je vue sans la remarquer ? Où l'avais-je

9.

rencontrée? Par quelle séduction involontaire avais-je pris sa tendresse?

Pendant une heure, je fouillai par la pensée quatre ou cinq des salons les plus haut cotés comme aristocratie que je fréquentais jadis, du temps où madame X*** ne m'entraînait pas à sa suite dans un monde moins blasonné. Quelques profils vagues, à demi perdus dans la pénombre d'un souvenir éloigné, se présentèrent à mes yeux. J'appelai mon imagination à mon secours pour peindre le portrait de l'inconnue. Je me figurais une femme grande, blonde, mélancoliquement rêveuse, d'une beauté poétique, unie par un mariage de raison à quelque époux trop âgé pour elle, plein de mérite et très affectueux, mais qu'elle n'avait pas pu aimer. Pourquoi me donnait-elle cet amour idéal et profond, à moi qui me sentais si peu digne d'une offrande aussi précieuse, à moi dont les grâces moins qu'éthérées d'une coquette avaient tourné la tête et conquis l'admiration? Et pourtant ma correspondante anonyme semblait avoir peu d'illusions sur mon compte. La preuve en était dans certaine phrase de sa lettre et, plus encore, dans cette défiance à mon égard qu'elle manifestait sans ménagements.

O variations bizarres et soudaines du cœur humain ! La veille encore, ma réputation naissante d'homme à succès paraissait à mes yeux comme une auréole de gloire, pittoresquement voilée par le crêpe funèbre d'une trahison. Et voilà qu'à cette heure je n'avais plus qu'un désir : convaincre cette douce amie que j'étais un chevalier fidèle et discret, digne d'être aimé, digne d'être admis à la voir, à m'agenouiller devant elle, à baiser ses mains ou tout au moins le pli de sa robe. Mon enthousiasme était si grand que je voulais d'abord partir sur l'heure, courir chercher cette tendre créature dans chaque rue, dans chaque maison de Paris, la guetter pendant un mois, s'il le fallait, au guichet de la poste où elle devait venir prendre ma réponse.

La réflexion me fit voir qu'il fallait arriver à elle par d'autres moyens, si toutefois je devais être assez heureux pour percer un jour ce charmant mystère. Sans prendre le temps de redes-

cendre au port et de regagner la *Galathée*,
j'entrai dans un des hôtels de Péra et je demandai de quoi écrire. Je me souviens que ma lettre
commençait ainsi :

« Madame, ce que vous appelez ironiquement
« mon temple » n'est plus, à cette heure, qu'un
monceau de ruines sur lesquelles se dresse la
chapelle « bien fermée » où vous voulez que je
vous adore. La pauvre lampe de mon cœur est
allumée devant l'autel. Une seule chose manque à
ce culte nouveau et chéri : l'image, le nom de
celle qui m'a converti de mes erreurs grossières.

» Ce nom je l'attends, je l'invoque ; cette
image, cachée derrière son voile de pureté, mon
respect l'implore à genoux. Apôtre de l'amour
chaste et vrai, vous avez, d'un seul mot, ren-
versé mes idoles. Ce n'est que la moitié de votre
tâche bienfaisante et j'ai le droit de vous dire :
Ne mettrez-vous rien à la place de ce que vous
avez détruit?... »

Pendant de longues pages, mon zèle de néo-
phyte s'épanchait avec ce lyrisme qui fera sourire, j'en ai peur, la plupart des hommes qui
ont aujourd'hui vingt-cinq ans, l'âge que j'avais

alors. Je reniais les erreurs du passé, particulièrement madame X***, ne la désignant, bien entendu, que par des allusions sagement voilées. Pour l'avenir, je m'engageais par les plus redoutables serments à devenir le modèle de ceux qui aiment. Mais je donnais à entendre que toutes ces belles résolutions dépendaient du nouvel arbitre de ma vie. Au prix d'une réponse courrier par courrier, je garantissais ma persévérance. Que si ma belle correspondante exécutait ses menaces de silence perpétuel, Dieu sait ce qui adviendrait de moi! Me reverrait-on jamais? Ne promènerais-je pas mon égarement, pécheur endurci, de la Turquie aux Indes, des Indes en Chine, de la Chine au Japon, plus loin si c'était possible? Mes parents s'éteindraient dans les larmes! A qui la faute? Une réponse, une réponse contenant ne fût-ce qu'une lueur d'espoir, et je rentrais en France à l'instant même, corrigé de toutes mes erreurs, portant dans ma poitrine un cœur nouveau. C'était à prendre ou à laisser. Positivement, j'avais un peu perdu la tête.

Ma lettre partie, je comptai les heures qui me

séparaient du retour du courrier. Que dis-je, les
heures ? c'était bel et bien l'affaire de deux semaines, car, à cette époque, l'*Orient-Express*
ne roulait pas encore entre Paris et Varna.

Pendant ces quinze jours, mon ami et moi
nous courûmes les ruines, les bazars, les
mosquées, de Stamboul à Scutari. En outre la
Galathée chauffa plus d'une fois pour nous conduire soit aux îles des Princes, soit dans le haut
Bosphore, soit même sur les côtes les plus voisines de la mer Noire où, par parenthèse, un
coup de vent d'est faillit me noyer, moi et ma
chapelle toute neuve, encore veuve de sa statue. D'ailleurs aucune aventure d'un genre plus
doux ; pas la moindre tentation, ce qui est, pour
les nouveaux convertis de mon espèce, la meilleure garantie de persévérance. Dieu sait ce qui
serait arrivé si j'avais fait mon stage de vertu
dans un pays où les femmes sont moins
cloîtrées !

Enfin le paquebot de la malle française fut
signalé au sémaphore de Galata, dont j'avais
appris les séries de pavillons par cœur. O joie !
le guichet de la poste s'ouvrit pour laisser pas-

ser dans mes mains une enveloppe de cette
même écriture renversée que mes yeux avaient
relue si souvent. Ma divinité n'était point inexo-
rable et m'épargnait le voyage du Japon qui,
entre nous, me donnait à réfléchir.

« Monsieur, m'écrivait-on, j'aime trop vos
parents — sans les connaître — pour les priver
si longtemps de la présence de leur fils. Vous
vouliez une réponse; la voici. Quant au reste,
vous me permettrez bien de vous dire que je ne
saurais prendre toutes vos belles paroles pour
argent comptant. Je me défie des conversions si
faciles et si promptes, et j'estime qu'il y faut un
peu de martyre, tout au moins quelques cica-
trices de fer ou de feu, quelque épreuve de
confrontation avec les bêtes de l'amphithéâtre.

» D'ailleurs, il faut en prendre votre parti.
Votre chapelle — je vous félicite de l'avoir
édifiée si aisément — contiendra quelque jour,
si Dieu m'écoute, une statue fidèlement honorée.
Mais ce ne sera pas la mienne, qui ne saurait
quitter la modeste niche où la retient le devoir.
Je vous répète que je vous aime, que je vous
aimerai toujours. Vous l'avoir dit, savoir que

vous ne l'ignorez plus, bien que vous ignoriez
tout le reste, cela me procure déjà des douceurs infinies. Depuis que j'ai cessé d'être une
enfant, je ne me souviens pas d'avoir connu quelque chose qui touche au bonheur d'aussi près.

» Peut-être, puisque vous allez revenir, vous
apercevrai-je de loin en loin, mais mon secret
sera mieux gardé que jamais, car il doit l'être ;
je mourrais de honte s'il en était autrement.
Mais je suivrai tendrement des yeux votre chemin dans la vie. Et même, si vous restez digne
de moi, ma plume viendra vous dire de temps
en temps que je suis fière de vous et reconnais-
sante, jusqu'au jour où une autre, celle qui
sera votre femme, vous le dira des lèvres. Je
rougis de ma faiblesse, car je m'étais juré de
vous écrire une seule fois. Mais cette faiblesse
n'enlève rien à personne. Elle ne m'empêchera
de remplir aucun des devoirs de ma vie... et
vous, ami, jusqu'à présent vous n'avez guère de
devoirs. »

Une fleur de pensée, comme la première fois,
remplaçait la signature absente. J'y posai mes
lèvres.

— Qui sait, me disais-je tout bas, si d'autres lèvres n'ont pas donné rendez-vous aux miennes à cette place?

Le courrier m'apportait seulement deux lettres : celle que je viens de dire, et une seconde, de la main de ma mère. Rien de ma cousine, ce jour-là, mais je n'avais pas le droit de me plaindre, car la pauvre miss Pot-au-Feu attendait encore sa réponse. Aussi, que pouvais-je bien répondre à cette tranquille et prosaïque personne, si éloignée de la note actuelle de mon esprit que j'aurai dû me battre les flancs pendant une heure pour lui écrire vingt lignes! Lui raconter ma bonne fortune platonique et épistolaire? A quoi bon? La froide écriture pouvait-elle initier cette profane aux mystères du grand amour?

Moi, je le comprenais, le grand amour; je le respirais; je me mouvais dans cette atmosphère à la fois pure et troublante comme celle des hauts sommets. Parfois, étonné du sentiment nouveau qui m'absorbait, j'avais peur d'être la proie d'une folie passagère, éclose dans mon cerveau sous l'ardeur du ciel d'Orient. Ou bien, peut-être, je subissais, malgré moi, l'influence d'une tendresse passionnée qui m'obsédait de loin. Peut-être mon cœur s'égarait à la poursuite d'une chimère, dont je me moquerais bientôt moi-même ainsi que d'un songe incohérent. Et si jamais le hasard ou la constance de mes efforts me mettaient en face de mon inconnue, ne m'apercevrais-je pas de mon erreur, de mon impuissance à l'aimer?

— Tu l'aimeras éperdument si tu peux la découvrir, me répondait mon cœur. Et, si elle t'échappe, le couronnement du bonheur manquera toujours à ta vie.

Désormais, chaque heure passée sur ce sol lointain me semblait perdue... Je courus rejoindre mon ami.

— Écoute, lui dis-je; il faut que je rentre à Paris. Tu ne m'en voudras pas si je t'abandonne?

— J'allais te proposer de partir, me répondit le maître et seigneur de la *Galathée*. Je m'ennuie atrocement dans cette ville où les femmes sont des fantômes. Les Parisiennes ressemblent à la lance d'Achille. Blessé par elles, c'est par elles qu'on doit être guéri. Demain, au soleil levant, nous verrons disparaître dans les flots d'or la pointe du Sérail. Mais toi, que t'arrive-t-il? Tu resplendis. Gageons qu'*elle* t'écrit de revenir.

Je racontai discrètement mon histoire. Au reste, vu les circonstances, il m'eût été difficile de me montrer indiscret.

— Tu m'as joliment l'air d'un homme sur le point de se faire rouler, grommela cet affreux sceptique.

Je m'enfuis pour ne pas l'étrangler. A l'aube suivante, quand le bruit des anneaux de fer martelant l'écubier m'annonça que nous étions en train de lever l'ancre, je n'avais guère fermé l'œil. Cinq jours après, mon compagnon et moi nous prenions place dans l'express qui quitte Marseille à six heures du soir. Encore quelques moments, et j'allais respirer le même air que la dame aux pensées!

XV

Ma première course dans les rues de Paris fut
pour le bureau de poste de la Madeleine, où
j'eus à débourser les frais d'un affranchisse-
ment considérable. Je n'avais pas perdu mon
temps durant nos cinq jours de traversée, et le
paquet volumineux qui tomba dans la boîte
avec un bruit sourd de colis, ressemblait moins
à une lettre d'amour qu'au manuscrit déposé
furtivement par un auteur ingénu dans l'orifice
béant de l'officine d'un journal.

Il y avait de tout dans ce volume. Souvenirs
d'enfance et de jeunesse, détestation de mes
erreurs passées, protestations pour l'avenir,
essai d'apologie, dithyrambes en l'honneur de

l'amour idéal qui, désormais, devait remplir ma
vie, tout cela se trouvait mélangé dans ces nom-
breuses pages qui se terminaient par un appel
à la clémence.

« Vous pouviez, disais-je, me laisser ignorer
toujours mon bonheur. Avez-vous le droit,
maintenant, de causer mon malheur pour
toute ma vie? Quel mal vous ai-je fait pour que
vous me torturiez ainsi? Qu'avez-vous à crain-
dre de moi? Le nom que je porte n'est-il pas
pour vous un sûr garant que mes sentiments
sont ceux d'un gentilhomme? Ne sentez-vous
pas que je vous respecterais comme une sainte,
que je me contenterais du bonheur de vous
apercevoir quelquefois si, comme vous le dites,
mon malheureux destin nous sépare? Ou bien
pensez-vous que je vous aimerais moins après
vous avoir vue? Ah! c'est votre âme, c'est votre
cœur que j'aime! Que m'importe le reste!...
Mais quelle folie! Je gagerais dix de mes années que le reste est charmant. »

De la Madeleine au Louvre je ne fis qu'un
bond. Certes la tranquille Rosie n'était point,
pour cette aventure d'un romanesque inédit,

l'auditeur que j'aurais souhaité. Mais je n'avais pas le choix, et d'ailleurs, à défaut d'autres qualités, ma cousine avait celle d'une résignation parfaite comme confidente. Pour cet emploi, elle aurait charmé Corneille ou Racine. Je la trouvai, comme quelques mois plus tôt, assise à son chevalet, copiant la même Vierge, avec Lisbeth attelée au même tricot. En me voyant, elle eut un petit cri de surprise.

— Comment! déjà de retour? Que se passe-t-il donc? Je ne t'attendais que dans un an pour le moins.

— Il se passe, répondis-je, que ton cousin est à la fois le plus heureux et le plus infortuné des hommes. Tiens, lis ces lettres.

— Doucement! fit ma cousine en retirant sa main comme à l'approche d'un fer rouge. Ta confiance m'honore, mais tu oublies à qui tu parles, et, l'autre jour, il m'a fallu me confesser d'avoir un peu trop écouté tes confessions.

— Tu peux lire, insistai-je. Tu ne te confesseras point d'avoir parcouru ces pages adorables. Je te conseille même de les apprendre par cœur : tu ne pourrais qu'y gagner.

Avec un léger soupir, elle posa tranquillement sa palette, son appuie-main et ses pin-
ceaux. Elle rougissait peu à peu et, quand elle
fut au bout de la seconde lettre, avec ses yeux
brillants et ses joues fleuries comme des roses
pourpres, elle était, Dieu me pardonne, absolument jolie. Mais, en ce moment, il était bien
question de savoir si Rosie était belle ou non !

— Qu'en dis-tu? demandai-je en replaçant
sur mon cœur les précieux autographes.

Elle haussa doucement les épaules, des
épaules d'un dessin parfait. Tout en se remet-
tant à son travail, elle me répondit :

— Tu vas te fâcher; tant pis! Eh bien, vous
êtes fous tous les deux : elle d'écrire de semblables fadaises à un monsieur qu'elle connaît
à peine. La malheureuse! Que ne puis-je découvrir tout à l'heure son adresse et son nom!
Je me ferais un devoir de courir chez elle pour
lui crier : « Casse-cou! » Entre femmes on se
doit ces avertissements. Quant à toi, je te trouve
encore plus ridicule, et je gagerais ce Murillo
contre ma copie que tu as affaire avec un vieux
laideron sentimental. Et c'est pour cela que tu

as coupé par le milieu ton beau voyage d'Orient !

— Rosie ! vociférai-je en prenant mon chapeau, tu es née pot-au-feu et pot-au-feu tu mourras ! Je te quitte pour te revoir seulement le jour où j'aurai découvert mon inconnue ! Tu verras si c'est un vieux laideron !

— Bon ! dit-elle avec son franc rire de camarade, notre séparation sera un peu longue ! Sois sûr que la dame est trop avisée pour se laisser voir. Signons la paix ; je ne dirai que ce que tu voudras. Mais enfin, mon pauvre ami, que comptes-tu faire ?

— La chercher dans tout Paris, maison par maison. Et, surtout, la convaincre avec le temps, dussé-je y mettre dix ans de ma vie, que je suis digne d'elle et qu'elle peut se révéler à moi.

— Tu seras bien avancé quand tu te trouveras en face d'une personne mariée, mère de quatre enfants !

— Elle deviendra veuve, et ses enfants seront les miens. Dans tous les cas, je la verrai quelquefois. Je ne veux plus vivre sans cette femme. Je l'adore avec passion !

Je criais si fort, que Lisbeth, embarrassée par ce qu'elle entendait malgré elle, plongeait sa tête dans son tricot. Quant à ma cousine, elle partit d'un grand éclat de rire. Jamais je ne l'aurais crue susceptible d'une gaieté aussi bruyante.

— Par ma foi! dis-je, parodiant sans y tâcher le Misanthrope, je ne vois pas en quoi je suis si risible!

— Pardonne-moi, mon bon Gastie. Mais je te vois encore tel que tu étais à cette même place, l'automne dernier, faisant les honneurs du Musée à certaine élégante, avec des airs convaincus. Tu te souviens de madame Confiture-de-Roses?

Elle s'essuya les yeux où le rire avait mis quelques larmes brillantes, qui lui allaient fort bien.

— A propos, reprit-elle, sais-tu quelle idée me vient? Si cette superbe personne était en train de se moquer de toi grâce à un déguisement d'écriture! Si ta passion d'alors et celle d'aujourd'hui ne faisaient qu'une!

A première vue, l'imagination n'était pas tel-

10

lement absurde, et je sentis la rougeur me
monter au front. Mais un examen de quelques
secondes me rassura.

— Écoute, répondis-je tranquillement en désignant le Murillo du bout de mon menton. Si
on disait demain au conservateur du Louvre :
« Cette toile qui est accrochée là sort du pinceau
de mademoiselle Rosie », penses-tu qu'il s'y lais-
serait prendre ?

— Hélas ! soupira ma cousine.

— Eh bien, les lettres que j'ai dans ma poche
ressemblent à ce que cette... coquine peut
écrire et penser comme la peinture de Murillo
ressemble à ta peinture. Tu admettras bien que
je suis à même d'en juger.

Rosie baissa la tête sur sa toile, un peu
mortifiée sans doute de ma franchise à l'égard
de son talent. Je lui dis en prenant congé
d'elle :

— Bientôt j'irai voir l'oncle Jean, mais seulement après que la dame aux pensées m'aura
répondu. J'aurai du plaisir à te montrer sa
lettre, et cependant mes confidences t'ennuient
peut-être.

—Bah ! fit ma cousine avec son bon sourire,
il y a longtemps que j'y suis habituée. Au fond,
elles m'amusent.

Nous nous quittâmes sans rancune après une
cordiale poignée de mains. Tout en descendant
l'escalier aux larges marches, je me disais :

—Positivement, cette Rosie devient une jolie
fille... Mais quelle personne prosaïque !

XVI

— Je savais déjà ton retour d'Orient par ma
petite-fille, et je pense que tu viens m'annoncer
ton départ pour Vaudelnay. Tes parents doivent
t'attendre.

Mon oncle m'accueillit par ces paroles quand
j'allai lui présenter mes devoirs, quelques jours
plus tard, ayant dans mon portefeuille une
lettre que j'avais prise le matin même à la poste
restante.

Partir pour Vaudelnay! M'éloigner de l'adorable femme dont les lignes tendres, généreuses,
consolantes reposaient sur mon cœur : comment
avoir ce courage! Et pourtant juin finissait.
Encore une quinzaine et ma dernière inscrip-

tion de droit avant les vacances devait être prise. Quant aux examens, je n'aurais pas été moins préparé à subir ceux du doctorat en médecine. Depuis quelques mois, je n'avais guère le temps de songer au Code et aux Institutes. Mais quel prétexte imaginer afin de ne point quitter la capitale?

— Pour le moment, répondis-je évasivement, mes projets sont encore très vagues.

Cette fois je n'osais plus parler à mon oncle de sa propre visite chez nous. Il était payé pour ne pas trop compter sur la fidélité de ma mémoire en certaines circonstances.

Dès que je pus être seul avec Rosie, j'abordai le sujet qui me tenait au cœur avant tous les autres.

— Je suis bien malheureux! m'écriai-je. Lis cette adorable lettre. Tu n'y trouveras pas une parole, pas une virgule qui ne montre clairement que la femme qui l'a écrite était faite pour moi. C'est à peine si elle me connaît, et son cœur me devine avec une sorte de pénétration surnaturelle. Ce qu'elle me dit est précisément ce qu'il faut me dire. Elle m'aime sincè-

10.

rement, d'un amour qui m'élève à mes propres yeux, qui embellirait toute ma vie. Je sens qu'elle pourrait faire de moi un homme sérieux et bon. Elle m'a rendu meilleur déjà. Est-il possible que ma destinée soit de ne jamais connaître même son nom!

Ma cousine lisait lentement, en s'appliquant beaucoup, comme si elle eût déchiffré quelque passage écrit dans une langue peu familière, qu'il fallait traduire ligne par ligne. Cependant, si froide qu'elle fût, on pouvait voir à certaines émotions fugitives de son visage qu'elle prenait du plaisir à la lecture.

— Oui, dit-elle en me rendant le papier. Je commence à croire que cette femme parle sincèrement, qu'elle est prise pour toi d'un attachement véritable. Mais, — tu es plus expert que moi dans ces matières, — qui sait si vous gagneriez l'un et l'autre à sortir du nuage qui plane sur vous? Je voyais, l'autre jour, une toile qui représente Psyché. Il me semble que son histoire a du rapport avec la vôtre. Fini le mystère, fini l'amour!

— Et il me semble à moi, dis-je en la menaçant, que miss Pot-au-Feu se moque de son cousin.

— Ah ! je te jure que non ! répondit-elle avec un grand sérieux.

— Alors, je n'y comprends plus rien. Tu te déranges. Mais tu passes d'un extrême à l'autre. Je voudrais bien te voir adorée toute ta vie par un monsieur dont tu ne pourrais rien dire : ni s'il est beau, ni s'il est affreux, ni s'il est blond, ni s'il est maigre, ni s'il est vieux... Et encore, chez un homme, ces choses-là tirent moins à conséquence. Ah ! tiens, je sais bien ce qui arrivera si ma cruelle amie s'obstine à se cacher.

— Moi aussi, je le sais bien. Tu abandonneras l'entêtée à son malheureux sort et tu épouseras une bonne femme qui te la rappellera dans le peu que tu sais d'elle, mais dont tu auras pu juger par toi-même l'âge, la figure et le reste. Il me semble que ce dénouement n'est point si mauvais.

— Mauvais ou non, il est impossible. Je mourrai garçon, laissant à ton deuxième fils la fortune et le nom des Vaudelnay.

— Tu divagues, fit ma cousine en haussant les épaules.

Et notre entretien fut terminé pour ce jour-là.

Dans le moment de l'année où nous étions, Paris n'existait plus au point de vue du monde ; mes jours et mes soirées se traînaient sans distractions, je parle des distractions honnêtes. Quant aux autres, dans l'état de quasi perfection idéale où je me trouvais, la seule pensée de les avoir connues jadis me faisait horreur. Ma seule ressource était dans la conversation de ma cousine ; je m'amusais à la convertir tout doucement à mes théories sentimentales. Je la voyais quotidiennement, soit au musée, soit rue d'Assas. Un jour elle me dit en riant :

— N'as-tu pas peur de me jouer un vilain tour en faisant pousser des ailes sur mon dos ? Quand elles auront toutes leurs plumes, je serai bien avancée derrière les barreaux de ma cage ! Au moins, maintenant, je n'ai nulle envie de m'envoler vers le pays des rêves.

— Je ne suis pas inquiet pour toi, répondis-je. Tes ailes, si tant est qu'elles poussent vraiment, ne te serviront jamais beaucoup. Tu te

souviens de ces volatiles sédentaires que nous
allions voir ensemble à Vaudelnay...

— Fort bien : les canards de la basse-cour.
Grand merci de la comparaison !

— Voyez un peu la grincheuse personne !
Qui parle de canards? Ce sont les cygnes que
je voulais dire, mademoiselle. Jamais ni toi ni
moi ne les avons vus s'envoler.

— C'est qu'ils se trouvaient heureux où ils
étaient.

En prononçant ces paroles, Rosie avait courbé
sa tête fine sur son chevalet, avec une ondula-
tion de cou si harmonieuse que je trouvai ma
comparaison beaucoup plus juste qu'elle n'en
avait l'air.

Le 10 juillet, je reçus une lettre de mon inconnue. Si j'ai conservé le souvenir de cette
date, c'est qu'elle marqua la fin d'une correspondance qui m'avait donné un immense bonheur durant trois mois. Non, je ne devais plus
revoir cette grosse écriture déguisée et cette
signature fleurie qui me confirmait de si charmants aveux. Ce jour-là, au lieu d'une seule
pensée, la main mystérieuse en avait dessiné

tout un bouquet, groupé avec un art exquis,
bien qu'il fût aisé de voir qu'elles étaient jetées
sur le papier à la hâte et sans recherche.

Dans ces quatre pages, serrées comme pour
ne pas perdre la moindre place, vibrait toujours
la même tendresse grave, on pourrait dire
maternelle, mais avec un abandon plus intime
où l'on sentait je ne sais quoi d'hésitant et
d'attendri. La lettre finissait par ces lignes :

« Et maintenant, cher, nous allons partir.
Les champs nous réclament; ce Paris brûlant
n'a plus assez d'air pour nous. Disons-lui donc
adieu pour quelques mois. Toutefois, soyez
tranquille. Vos lettres me parviendront, ex-
pédiées à l'adresse ordinaire, et vous aurez les
miennes, qui continueront à passer par Paris,
car vous ne saurez point où je suis allée. Que
vous importe ce que vous ne savez pas, à côté
de cette chose dont vous êtes sûr ! Ne sentez-
vous pas que je vous aime ? Voyez plutôt : c'est
moi, maintenant, qui ai besoin de vos lettres;
c'est moi qui vous les demande. Ne m'oubliez
pas à Vaudelnay où l'on s'amuse beaucoup,
m'a-t-on dit. Du moins, ami cher, si vous m'ou-

bliez, que ce soit pour une jeune fille digne de
vous et qui sera votre femme. Choisissez-la bien
quand l'heure viendra. Vous savoir malheureux,
ou une autre malheureuse par vous, serait la
douleur suprême de ma vie. »

Du moment où *elle* quittait Paris, je n'avais
plus de raison pour y rester. Je préparai donc
tout pour mon départ, mais la perspective d'une
agitation mondaine semblable à celle de l'année
précédente m'était insupportable. J'écrivis à ma
mère que je me sentais fatigué, que je désirais
vivement jouir du repos le plus complet durant
les premières semaines de mon séjour à la campagne. Par la même occasion, je parlais à mes
parents de mon projet d'enlever ma cousine et
mon oncle et de les amener avec moi. J'expli-
quais cette idée — non sans un peu d'hypocrisie
— par le désir de procurer à la jeune fille et au
vieillard une saison de villégiature utile à leurs
santés. Mais, pour dire le vrai, je ne pouvais
plus me passer de ma confidente ordinaire.
Seul à Vaudelnay, sans avoir personne à qui
parler de la dame aux pensées ! Il y avait de
quoi mourir.

Ma mère me répondit courrier par courrier
en m'envoyant une invitation pressante pour
l'oncle Jean et sa petite-fille. Que dis-je : inviter !
On les suppliait de faire une longue visite à la
vieille maison qui était toujours la leur, qui
l'avait été si longtemps pour l'un d'eux ! La seule
objection, la difficulté du voyage pour les jambes
raidies par l'âge de mon oncle disparaissait,
puisque le trajet devait se faire sous mon escorte.

Je savais comment m'y prendre pour enlever
d'assaut le consentement du peu flexible baron.
J'allai chez lui à l'heure où je supposais que sa
petite-fille était au Louvre.

— Oncle Jean, dis-je, vous voyez devant vous
un ambassadeur et voici mes lettres de créance.

Je lui remis l'invitation de ma mère. L'épître
lue avec quelques froncements de sourcil que
j'interprétai sans trop de peine :

— Ta mère est toujours bonne comme je l'ai
connue, dit mon oncle. Mais ce qu'elle demande
est bien difficile.

— Cela serait dix fois plus difficile qu'il faudrait encore le faire, prononçai-je gravement.
Rosie tombera malade si son été se passe à Paris.

J'avais touché juste. Le grand-père de ma cousine bondit comme il aurait fait, cinquante ans plus tôt, à une parole malsonnante.

— Rosie malade ! s'écria-t-il. Qu'en sais-tu ?

— Elle change, répondis-je avec aplomb. Ses traits se tirent, ses yeux s'agrandissent; l'abus du travail lui voûte les épaules. Il y a trois jours, pendant une courte visite que je lui ai faite au Louvre, elle a toussé plusieurs fois... d'une mauvaise toux.

— Elle ne se plaint jamais.

— Parbleu ! si vous attendez qu'elle se plaigne !... Elle sait que tout déplacement vous est incommode, et c'est une fille si prompte à se sacrifier !

— Oui, très prompte à se sacrifier, répéta mon oncle dans un écho qui ressemblait à un grognement.

Il me tourna le dos avec une sorte de mauvaise humeur, comme si j'étais responsable de l'esprit d'abnégation de ma cousine.

— Quand elle rentrera, je lui parlerai, dit-il bientôt entre ses dents. Et, pas plus tard que demain, je veux qu'elle consulte.

—Pas plus tard que demain, mon cher oncle, elle, vous et moi serons dans l'express de Poitiers, ne vous déplaise.

— N'allons pas si vite, mon neveu. Si ma petite-fille est malade, c'est aux eaux que je dois la conduire. Je ne sais pas d'endroit plus humide que Vaudelnay. Mes rhumatismes peuvent en dire quelque chose.

Quelle singulière lubie de ne pas vouloir venir chez nous ! Comment expliquer cette résistance ? Par la rancune du passé ? Comme je me posais ces questions, nous entendîmes la voix de Rosie qui chantait dans l'anti-chambre.

— Tiens, écoute comme elle est malade ! dit l'oncle Jean.

Mes plans s'en allaient à vau-l'eau. J'essayai pour la seconde fois d'enlever l'affaire par surprise, en frappant ailleurs.

— Veux-tu que nous partions tous ensemble pour Vaudelnay ? demandai-je avant que mon oncle eût le temps de dire un mot. Ton grand-père en meurt d'envie; mais il a peur de te contrarier.

Le rossignol s'était tu subitement. Les jolies joues roses devinrent blanches comme des lis.

— Partir pour Vaudelnay ?... tous ensemble !... Oh ! mon Dieu, quel bonheur ! soupira ma cousine en se laissant tomber sur une chaise.

— Animal ! me cria mon oncle. Voilà une enfant qui va s'évanouir !

— Quand je vous disais qu'elle est souffrante ! répondis-je tout bas.

Déjà les couleurs vives reparaissaient. A en juger par les symptômes, cette maladie n'était qu'une grande joie. Rosie demanda d'une voix qui aurait fait retourner mon oncle aux Indes :

— Grand-père ! c'est vrai que nous partons ?

Elle me regardait, tout en questionnant l'oncle Jean.

— Va vite commencer tes paquets, décidai-je audacieusement. Nous devons être à la gare sur le coup de huit heures demain matin.

Nous y étions tous avant sept heures et demie. Je ne me souviens pas qu'aucune journée de voyage ait passé pour moi plus vite que celle-là. Ma bonne action recevait déjà sa récompense.

XVII

Plus vite encore que notre express, ma
dépêche avait couru sur son fil. Le château
nous attendait avec un air de fête, mais
avec cet air discret des gens qui sont heureux
pour eux-mêmes, et non pas pour leurs
voisins.

En apercevant le sommet des tours du manoir, par-dessus la ceinture des grands arbres,
l'oncle Jean avait mordu sa moustache et nous
n'entendîmes plus le son de sa voix jusqu'au
moment où le landau s'arrêta dans la cour.
Quant à Rosie, elle parlait pour deux, pous-
sant des exclamations de joie à chaque tournant du chemin, appelant par son nom chaque

paysanne qui se levait de son banc pour nous saluer, s'extasiant sur les embellissements du village.

Mon père et ma mère semblaient si heureux de l'arrivée des voyageurs, qu'il aurait été difficile de décider lequel de nous trois était accueilli avec plus de tendresse. Mais, pendant le dîner, l'attention se détourna des autres à mon profit, et la conversation ne roula guère que sur mon expédition dans le Levant. Mon père l'approuvait fort; il disait que ce désir de voir le monde et de s'instruire était recommandable chez un jeune homme. L'oncle, un peu distrait, donnait des signes d'assentiment. Sans doute il refaisait en esprit ses traversées d'autrefois, et trouvait que la mienne, en comparaison, était peu de chose. Quant à la seule personne qui fût fixée sur la cause véritable de mes exploits nautiques, elle confectionnait des bas-reliefs en mie de pain, se gardant soigneusement de tourner les yeux vers moi, de peur d'éclater de rire, je pense.

L'oncle Jean et Rosie, fatigués de leur journée, regagnèrent de bonne heure l'appartement de la petite tour, accompagnés par la châtelaine. Mon père me dit, quand nous fûmes seuls :

— Ta cousine est superbe. Elle a les yeux, les sourcils, les cheveux d'une Italienne et le teint d'une Anglaise. Comment ne nous en as-tu jamais parlé?

— Mon Dieu, répondis-je, ma cousine est à peine une femme pour moi. Je la vois toujours telle qu'elle était quand son grand-père l'a déposée sur ce canapé, tout endormie, un certain soir d'hiver. Au reste, nous sommes les meilleurs camarades du monde, mais si elle est Italienne par ses cheveux, elle est quatre fois Anglaise par son esprit positif.

— Tiens, fit mon père, c'est étonnant! Elle n'en a pas l'air. Après tout, cela vaut mieux pour elle, car la pauvre petite ne sera point facile à marier.

— Je doute qu'elle se marie jamais, répliquai-je d'un air profond. Je m'attends à la voir nous donner une nouvelle édition de tante Alexandrine.

— A son aise! conclut mon père. Seulement

toi, ne nous donne pas une nouvelle édition de
l'oncle Jean.

— Pauvre père ! soupirai-je tout bas. Vous
ne vous doutez guère que votre fils est amoureux d'une fée inacessible, et que Gaston de
Vaudelnay sera vraisemblablement le dernier
de sa race !

Le lendemain matin, je flânais dans le parc à
la fraîcheur. En approchant d'un gros platane
sous lequel des sièges rustiques invitaient les
promeneurs au repos, j'aperçus une forme
blanche assise dans une attitude rêveuse.

— Eh bien, Rosie, est-ce que tu regrettes
déjà ton musée, ton chevalet et tes madones?

Elle tourna vers moi la tête en tressaillant,
et je vis qu'elle avait les yeux pleins de
larmes.

— Non, dit-elle avec cette simplicité qu'elle
conservait toujours. Mais je regrette l'âge que
j'avais quand nous travaillions ensemble à notre
petit jardin, à cette même place.

— Je te conseille d'avoir des regrets ! A cette
époque-là tu étais une petite fille assez laide, et
maintenant...

— Et maintenant? répéta-t-elle en me regardant comme si elle eût été à cent lieues de ce
que j'allais dire.

— Et maintenant tu es une personne remarquablement jolie.

Elle avait l'air si étonné, si incrédule, que je
me hâtai de citer mon auteur.

— Mais certainement; mon père me l'a dit
pas plus tard qu'hier soir.

— Ah! fit-elle avec modestie; c'est mon
oncle... Il est vraiment bien bon.

Je dus convenir en moi-même qu'elle était
fort jolie, en effet. Sous son peignoir de mousseline aux nuances claires, pauvre « confection »
qui aurait fait pleurer de honte une élégante,
sa taille trouvait moyen de laisser voir toute sa
grâce. Son visage aux traits classiques rayonnait d'un éclat de jeunesse éblouissant. Les
pieds et les mains étaient admirables.

— C'est singulier, pensai-je, comme on voit
mieux certains détails à tête reposée! J'aurais
passé vingt ans auprès de cette charmante personne, dans le tourbillon de Paris, sans m'a-
percevoir de ses avantages.

Notre première semaine de séjour à Vaudelnay fut délicieuse. Le voisinage ignorait encore que le château fût si bien habité, et j'avais conjuré ma mère de prolonger le plus possible cette ignorance. Après tant d'années qui me séparent de cette époque, il me serait malaisé de dire à quoi nous occupions nos journées, Rosie et moi. Je sais seulement que nous étions toujours ensemble et que le soir arrivait sans que nous fussions las l'un de l'autre. Bien entendu, nous parlions les trois quarts du temps de la dame aux pensées. Chère créature ! Où était-elle en ce moment ? dans les montagnes ? au bord de la mer ? ou bien dans quelque villa pleine d'ombre, entre son mari et ses enfants, — tout bien examiné, nous avions décidé qu'elle était mère, — plus belle encore du combat livré par son devoir austère à sa tendresse mystérieuse. Encore trois jours, encore deux jours, demain j'allais voir arriver la lettre attendue !

— Oh ! Rosie ! comme je voudrais être à demain !

A cette oraison jaculatoire, ma cousine ne

11.

répondit rien, et, pour la première fois, je vis
une ombre passer sur son visage, ombre d'ennui
sans doute. Mais, de bonne foi, pouvais-je lui
en vouloir si le courrier tant désiré l'intéressait
moins que moi?

Le facteur vint, sans aucune lettre, ou du
moins sans *sa* lettre. Il en fut de même le
lendemain, le surlendemain, les jours suivants
pendant une semaine. Ah! qu'il était loin, le
calme des premières heures du séjour au château! Que m'importaient alors mes parents, le
parc et ses promenades, mes chevaux mor-
fondus à l'écurie! Seule, ma compatissante
cousine pouvait me comprendre et, dans une
certaine limite, me consoler. D'après elle, ce
retard qui me rendait fou d'angoisse était
amené par une cause passagère, et je ne devais
point en concevoir d'alarmes. Quelque voyage
différé, quelque arrêt imprévu dans un endroit
sans ressources, quelque devoir de famille
pouvait seul empêcher ma correspondante de
tenir sa promesse, toujours si fidèlement gardée jusque-là.

— Et si elle est malade? et si elle est morte?

Jusqu'à cette heure, j'espérais, malgré tout, la connaître tôt ou tard. Faut-il donc renoncer pour toujours à cette joie? Plains-moi, Rosie, car je suis bien malheureux!

Je compris alors pour la première fois tout ce que le cœur d'une femme peut contenir de bonté compatissante, même à l'âge où ce cœur semble fait pour porter des fleurs moins mélancoliques. Patiente comme une esclave d'Orient habituée aux caprices de son maître — les miens, il faut l'avouer, n'avaient rien qui rappelât, même de loin, ceux d'un pacha — ma cousine quittait tout, si je l'appelais d'un geste, pour causer avec moi, c'est-à-dire pour écouter mes doléances. Parfois elle protestait doucement contre ma tristesse. Elle me répétait souvent :

— Un être humain n'a pas le droit de maudire sa destinée, quand il possède l'assurance d'être sincèrement, fidèlement aimé.

Ces arguments par trop platoniques me touchaient assez peu, et je prétendais qu'on me proclamât le plus malheureux des hommes, tout en reconnaissant que j'en étais aussi le plus tendrement consolé.

— Ma pauvre Rosie, disais-je en serrant sa
petite main dans les miennes, si je pouvais
oublier celle qui m'oublie, c'est pour toi que je
voudrais l'oublier!

— Et moi je suis certaine qu'elle pense à toi
plus que jamais, répondait ma cousine. Dans
quelques jours tout s'expliquera; j'en ai le
pressentiment.

Impossible de la faire démordre de cette
belle assurance, qu'elle arrivait quelquefois à
me faire partager pour une heure.

Quand je parvenais à faire trêve à mon chagrin, je trouvais en elle, aussitôt, la plus charmante. la plus gaie, la plus amusante des
compagnes. Je ne pus m'empêcher de lui dire
un jour, avec une envie secrète :

— Sais-tu Rosie, que tu m'as tout l'air d'une
femme parfaitement heureuse?

— Mais j'en ai plus que l'air, dit-elle gravement. Je suis, quant au présent, aussi heureuse
qu'une femme peut l'être. Grand-père en trois
semaines a rajeuni de vingt ans. Mon oncle et
ma tante me traitent comme leur fille. Enfin
tu ne saurais comprendre le bonheur que

j'éprouve à revoir ce cher vieux Vaudelnay.

— Eh bien, qui vous empêche d'y finir votre vie, l'oncle Jean et toi ? Tu seras pour moi ce que la tante Frédérique était pour notre aïeul. Et nous vieillirons ensemble, comme ils ont vieilli.

Elle ferma les yeux, et cependant la perspective semblait médiocrement l'éblouir, car elle me répondit d'une voix un peu nerveuse :

— Mes moyens ne me permettent pas de songer à l'avenir. Laisse-moi profiter de ce présent qui me repose.

De fait, il était facile de voir qu'elle jouissait en véritable sybarite de chacune des heures passées au milieu de nous. Tout l'enchantait, mais moins, à coup sûr, qu'elle n'enchantait tout le monde. Quatre personnes se la disputaient du matin au soir, pour le plaisir de la voir et de l'entendre compatir à leurs maux. Les rhumatismes de l'oncle Jean, les gastralgies de mon père, les embarras administratifs de ma mère toujours débordée par mille difficultés de domestiques, de pauvres, de salles d'asile et de curés besoigneux, enfin les déchi-

rements secrets de mon propre cœur, tout cela
retombait sur elle sans l'étonner ni l'abattre.
Et lorsque, dans nos entretiens de famille,
l'oncle Jean parlait de leur retour à Paris, il se
faisait un grand silence comme à l'annonce
effrayante de quelque catastrophe prochaine.

Quand Rosie, par chance, pouvait disposer
d'une heure pour son agrément personnel, son
bonheur était de s'installer sous le grand platane de notre ancien jardinet, afin de lire quelques pages d'un livre préféré ou de mettre à
jour sa correspondance.

Un jour, vers le milieu d'un après-midi de
chaleur accablante, je passais pas là, juste au
moment où les premières rafales d'un orage en
formation détachaient de l'arbre énorme et
faisaient tourbillonner au loin une envolée de
feuilles jaunies.

— Vite, ramasse tes papiers, ton encre et tes
plumes, dis-je à ma cousine. Tu n'entends donc
pas qu'il tonne? A quoi penses-tu?

— A rien! fit-elle en tressaillant, car elle
était absorbée au point d'avoir ignoré mon
approche.

— Ma parole! miss Pot-au-Feu prend des airs de Mignon, lui dis-je en plaisantant. La voilà qui se donne le genre d'être rêveuse!

Avant qu'elle pût me répondre, un coup de vent plus fort s'abattit sur le buvard où elle écrivait. En une seconde, vingt feuilles de papier s'éparpillèrent au loin, pêle-mêle avec les rameaux desséchés du platane. Et tous deux de courir à droite, à gauche, à la poursuite des fugitives.

Un feuillet plus grand que les autres semblait avoir porté un défi à mon agilité. Il voltigeait, rasant l'herbe courte du gazon, s'arrêtant, reprenant sa course, au moment où j'allais l'atteindre, pour s'abattre plus loin comme une perdrix blessée.

Par tempérament, je m'acharne aux choses difficiles, quelles qu'elles soient. Je jurai que ce gibier d'un nouveau genre tomberait en mon pouvoir, et, de fait, je parvins à m'en saisir, grâce à la faute qu'il commit en s'engageant dans un massif d'arbustes bas, aux rameaux enchevêtrés.

— C'était bien la peine de tant courir! m'é-

criai-je en constatant que ma prise était une
vulgaire feuille de buvard.

Non, pas si vulgaire. En y jetant les yeux,
j'aperçus quelque chose qui me cloua sur
place, en dépit du tonnerre qui grondait sur
ma tête et des éclairs qui faisaient pousser, à
cent pas de moi, des cris d'épouvante à ma
cousine. Sans rien entendre et sans rien voir je
considérais ce papier rose, comme si je venais
d'y trouver l'arrêt de mon sort.

Bientôt l'averse déchaînée m'obligea de prendre ma course vers le château, non sans avoir
plié soigneusement ma trouvaille pour l'abriter
dans la plus profonde de mes poches. Plus personne sous le platane; Rosie m'avait précédée.
J'aimais mieux cela. Il me convenait de la revoir seulement un peu plus tard, quand j'aurais
dissipé les derniers restes d'un doute, quand
j'aurais écouté, compris, ce qu'une voix inconnue murmurait à mon cœur éperdu de
surprise.

L'enquête préliminaire ne fut pas longue. Le
temps de monter dans ma chambre, d'ouvrir
mon secrétaire, d'y prendre la dernière lettre

de la dame aux pensées, d'étaler en regard cette feuille que je venais de ramasser, de comparer au bouquet tracé sur le vélin anglais celui qui s'était imprimé sur la surface spongieuse... Deux frères jumeaux n'eurent jamais une ressemblance aussi parfaite!

Idiot! aveugle! imbécile! égoïste! Ma Rosie bien-aimée! ma belle, mon aimante, ma fière Rosie! Trop fière, pauvre enfant! Défiante surtout, mais pouvais-je la blâmer d'être défiante!... Hélas! moi-même j'avais pris soin de me faire voir à elle sous un jour peu propre à lui donner la foi.

Je riais, je pleurais en mêlant sans ordre toutes ces exclamations opposées. Je repassais l'un après l'autre cent souvenirs du temps jadis et de la veille. Comme je l'avais fait souffrir, cette enfant dont le cœur était à moi depuis que les yeux de l'orpheline m'avaient aperçu au seuil de la vieille maison, si sévèrement hospitalière! Comme, dans ma stupide fatuité, je l'avais torturée!

Courageusement, obstinément, cette fille adorable dont je n'avais pas même su voir la beauté m'avait conservé sa tendresse méconnue. Sans une plainte, elle avait dévoré, en cachant sa jalousie, les affronts de mes confidences. Pauvre, elle m'avait vu jeter l'or pour csntenter mes caprices et ceux des autres. Sublime de sacrifice, de poésie, d'idéale passion, elle avait feint de rire de mes moqueries sur le peu d'élévation de son esprit. C'était moi, — moi! qui l'avais baptisée d'un surnom ridicule!...

Le froid de mes vêtements traversés par la pluie me rappela dans un monde plus réel.

A cette heure, je n'avais pas le droit de m'exposer à la maladie. Ma vie appartenait à une autre.

— Mon Dieu! m'écriai-je en courant prendre des habits secs. Que de jours de bonheur perdus, déjà!

XVIII

Au dîner seulement, je retrouvai ma cousine.
Elle aussi avait dû changer de costume et,
comme sa garde-robe était peu fournie, la
chère petite était en grande toilette. Jolie à
tourner la tête d'un roi, elle m'interrogea,
comme toujours, de son regard humblement
tendre d'amoureuse ignorée, pour voir si le
maître de son cœur était content.

Je détournai les yeux. Ils auraient tout dit
et, pour le moment, je ne voulais rien dire;
non, pas devant tout ce monde. La première
rougeur de ma fiancée, la première joie de son
doux triomphe, devaient être pour moi seul.
Encore une heure elle devait attendre. Chère

bien-aimée, depuis si longtemps elle attendait — sans espoir !

Comme tous les gens atteints du mal qui le minait, mon père ne mangeait guère, et, pour lui, voir manger les autres était un spectacle pénible. Je ne dus pas beaucoup le faire souffrir ce jour-là. Sans rien dire, j'examinais ma cousine, ou, pour parler plus juste, je la dévorais des yeux, découvrant des trésors de charme et de grâce dans le moindre geste de ses mains, dans la plus simple de ses attitudes. Je l'aimais de toute mon âme et de toutes mes forces depuis deux heures, mais ce que je venais d'éprouver ne ressemblait en rien au « coup de foudre » souvent décrit par les romanciers. Pendant de longues années, mon heureux destin avait lentement, patiemment préparé mon cœur pour le bienfaisant holocauste. Un éclair avait suffi pour communiquer le céleste rayon. A cette heure, la flamme de l'amour brûlait éblouissante, pour ne s'éteindre jamais.

Le repas terminé, je dis à ma cousine :

— Allons voir si l'orage a fait beaucoup de mal aux arbres du parc.

Ah! l'inoubliable soirée! Le ciel avait retrouvé tout son azur, et c'est à peine si quelques gouttes brillaient encore au feuillage rafraîchi par l'ondée bienfaisante. L'air n'était plus qu'une exhalaison de sève triomphante, un parfum de fleurs tirées de leur léthargie et tout heureuses de revivre. Le parc entier semblait une salle immense, parée de verdure nouvelle pour quelque fête grandiose dont les premières étoiles commençaient l'illumination. J'offris mon bras à ma compagne, galanterie peu ordinaire. Elle le prit sans me regarder, très nerveuse d'une sorte de pressentiment vague, et nous marchâmes lentement dans la direction du fameux platane. C'était là que je voulais lui ouvrir mon cœur.

Quand nous fûmes sous le grand arbre, je dis à Rosie, sans la faire asseoir sur le banc trop humide :

— J'ai découvert pourquoi la dame aux pensées ne m'écrit plus.

— Vraiment? fit-elle, curieuse de savoir dans quel dédale nouveau je m'égarais, car elle ne devinait pas encore. Et pourquoi donc?

— Parce que ses lettres porteraient le timbre du bureau de poste de Vaudelnay. Comprends-tu, Rosie ?

Elle tressaillit et se mordit les lèvres. Évidemment elle cherchait un moyen de prolonger mon erreur, mais je repris en entourant sa taille de mon bras, ce qui la rendit toute tremblante :

— Elle ne m'écrira plus jamais, plus jamais, Rosie ! Ma bien-aimée, que tes lèvres me disent, à cette heure, ce que me disait ta plume. Car la dame aux pensées, j'en suis sûr maintenant, elle est là, sur mon cœur !

Sans hésiter, d'une voix très basse, elle prononça les chères paroles, et dans les rameaux touffus, sur nos têtes, les oiseaux semblaient se taire pour les écouter.

— Est-ce bien vrai ? demandai-je quand mes lèvres eurent quitté son front. Tu m'as écrit tant de mensonges !

— Pas un seul, jamais ! Je t'ai toujours dit la vérité.

— Allons donc ! Ce salon très aristocratique où nous nous sommes rencontrés ?

— Trouves-tu les Vaudelnay de famille bourgeoise?

— Non; mais cet être mystérieux et jaloux auquel tu appartiens, ces devoirs qui t'enlèvent ta liberté? Je te croyais vingt fois mariée, mère de famille, et tu m'as aidé à le croire.

— N'est-ce pas plus qu'un mari, plus qu'un enfant, ce grand'père pauvre, ce vieillard de quatre-vingts ans, qui n'a que moi seule au monde, qui m'a dévoué sa vie, à qui je dois tout?

— Et cette crainte de te manifester à moi? Vraiment, tu aurais eu le courage de vivre et de mourir sans me dire ton secret?

— Je le voulais d'abord, mais je ne m'en sentais plus la force. Je te l'aurais dit quand j'aurais été une vieille femme.

—Et pourquoi cela, je te prie?

—Parce que je suis très défiante, et Dieu sait si tes confidences pouvaient me rassurer. Parce que je te croyais incapable de me comprendre; parce que tu ne prenais pas la peine de me regarder. Et enfin, — elle baissa la voix, — parce que je suis très fière.

— Rosie, lui répondis-je, il faut être bonne

jusqu'au bout. Fais-moi la grâce d'oublier tous
ces vilains *parce que*. Au fond, je te le jure, je
n'ai jamais aimé que toi.

— Au fond ! soupira-t-elle en cachant contre
ma poitrine ses yeux qui se mouillaient. Ah !
oui, bien au fond, alors ! Car si je m'en rapporte
à la surface...

— Je t'adore. Il n'y a plus pour moi d'autre
femme. D'ailleurs tu as vu comme je suis fidèle !

— Depuis trois mois ! la belle affaire !

— Oui, mais sans te connaître. Maintenant
je te connais. Tu as tout : le cœur, l'esprit, le
dévouement, la tendresse, la poésie...

— Tu n'as pas honte? Souviens-toi du nom
que tu me donnais.

— Chut ! je n'avais pas encore lu tes lettres.
Et puis, Rosie, tu es si belle ! Je t'admire autant
que je t'aime. Quel bonheur que la dame aux
pensées ne soit pas une autre que toi !

Une pression de sa petite main souligna ces
paroles, comme pour dire qu'elle était heureuse
aussi, la chère, simple, et loyale créature !

Nous restâmes, je pense, de longues minutes
sans parler. Tout à coup elle bondit hors

de l'étreinte qui l'emprisonnait doucement.

— Mais qui a pu te dire mon secret? s'écria-
t-elle en fronçant le sourcil. Nul être humain
ne le connaissait.

—Viens, dis-je. L'air est humide, il faut rentrer. Tout en marchant tu écouteras l'histoire.

Quand j'eus terminé le récit très court de ma
poursuite après la feuille de buvard emportée
par le vent, elle dit d'une voie contenue et
vibrante en même temps :

— Comme Dieu est bon !

Oui, Dieu est bon, à certains jours. Il y en a
d'autres où il est bien cruel !

Nous touchions aux marches du perron
quand je m'aperçus que nous avions oublié
quelque chose de très important, comme ces
architectes étourdis qui bâtissent la maison et
ne songent pas à l'escalier.

— Rosie, dis-je, nous allons leur annoncer
la grande nouvelle.

Un des traits de son caractère était de dé-
guiser volontiers les émotions tendres qu'elle
éprouvait sous une mutinerie apparente. Elle
demanda d'un air dégagé :

— Quelle grande nouvelle?

— Que tu vas être ma femme.

Elle ne feignit pas la plaisanterie plus longtemps. Elle prit mes mains et, me regardant bien
en face, les yeux sur mes yeux :

—Cher, dit-elle, je t'appartiens. Parle comme
tu voudras et quand tu voudras. Grand-père
sera bien heureux, car je suis sûr qu'il avait
son secret, lui aussi.

Mon père posa son journal quand il nous vit
entrer. Ma mère écrivait. L'oncle Jean, selon
son habitude, avait regagné ses pénates de la
petite tour. Il se mettait au lit de bonne heure.

— Eh bien ! demanda mon père, et cet orage,
m'a-t-il cassé beaucoup de branches?

— Pas trop, dis-je. Mais eût-il rasé la plantation entière, nous devrions le remercier.

Mes parents me regardaient bouche béante,
ne comprenant rien à mon air ému.

— Voulez-vous avoir pour fille la chère
créature que voici?

Nous nous embrassâmes tous je ne sais pendant combien de minutes, sans pouvoir parler,
si bien que, quand nous retrouvâmes la parole,

il n'y avait plus rien à dire. Désormais l'orpheline était chez-elle dans la maison où elle devait
vieillir, mais pas comme la tante Frédérique
ni comme la tante Alexandrine, Dieu merci,
pour la jeunesse future.

Quand nous fûmes seuls, mon père et son
très heureux fils :

— Tu prétendais l'autre jour, fit-il, que ta
cousine « était à peine une femme pour toi ».
Il me semble que le changement est bien subit,
et, maintenant que j'y pense, tout le monde a
été un peu vite en besogne, même les gens raison-
nables. Mais cette petite m'a tourné la tête à moi
aussi. Je n'ai réfléchi à rien... Et tu es si jeune!

J'interrompis mon père dans ce bel accès de
sagesse rétrospective, pour lui raconter l'histoire de ma cousine « Pot-au-Feu » et de la
dame aux pensées.

— Mon ami, fit-il en se levant, — car l'heure
s'avançait, — je ne souhaite qu'une chose :
c'est que tu rendes à ta femme tout ce qu'elle
te donne. Il me tarde d'être à demain matin,
pour aller causer de choses sérieuses avec
l'oncle Jean.

Celui-ci, quand j'allai me jeter à son cou
pour le remercier de sa réponse favorable, jeta
sur moi un regard presque craintif, qui me
ramena de quelque treize ans vers le passé. Car
c'est avec ces yeux inquiets, suppliants qu'il avait
regardé ma grand'mère, le soir où il s'agissait
d'obtenir que l'enfant sans père ni mère fût
accueilli sous le toit de Vaudelnay.

— Tu l'aimes bien, n'est-ce pas ?... me de-
manda-t-il. Jamais tu ne lui causeras une déception ? Tu ne sais pas quelle tendresse exaltée
ma pauvre Rosie a pour toi ! Moi, je l'ai devinée
depuis longtemps et j'ai bien souffert pour elle.
Même en ce moment, je suis effrayé : elle t'aime
trop ! Tu tiendras sa vie dans tes mains — et
la mienne aussi, tant que je serai dans ce
monde.

Je baisai la main de ma cousine, à genoux
devant elle, et je fis cette simple réponse au
vieillard, qui parut s'en contenter :

— Oncle Jean, soyez tranquille !

Lisbeth retourna seule rue d'Assas pour
évacuer l'appartement. Puis elle revint assister
au mariage de ses jeunes maîtres. Deux mois

après, elle épousait elle-même, comme j'ai dit
plus haut, cet original de jardinier.

————

Quand je ne serai plus, mon fils trouvera ces
lignes qui lui apprendront combien j'adorais la
mère qu'il a trop peu connue... avec laquelle,
devant ce papier, je viens de revivre durant
quelques jours.

Car *elle n'a pas vieilli à Vaudelnay !*

Dans nos projets, dans notre bonheur, dans
cette imprévoyance de tout que nous apportait
l'union de notre vie, nous n'avions pas songé
que la mort pouvait accomplir la chose affreuse
qu'elle a faite : prendre cette créature inoubliable, inoubliée !...

Que de fois j'ai dû poser ma plume en retrouvant ces sourires et ces joies ! La chère absente
l'a vu. Elle sait comment je l'aimais, combien
je la pleure quand personne ne me voit, quelle
pensée ne me quitte pas, à l'heure où les
vivants croient mon esprit, ainsi que mon corps,
parmi eux.

                                        12.

Et, pour que le précieux souvenir dure encore
quelque part, quand nous serons réunis là-
haut, je viens de l'enfermer pieusement dans
ces pages, de même que, sous l'or et le cristal,
on dérobe au souffle destructeur du vent la
fleur qui raconte les courtes minutes de joie,
passées pour toujours.

LE

MARIAGE AU GANT

A bord du *Saghalien*, le 27 juin 1883.

Nous sommes partis, hier, de Marseille, à dix heures du matin. Nous allons à Shangaï. Me voilà tranquille pour quarante ou quarante-cinq jours.

Oui, pendant six longues semaines, j'échappe aux chagrins, aux tourments, aux inquiétudes qui rongent le cœur des humains restés sur le rivage. Le poète latin n'y entendait rien, et son fameux *Suave mari magno* est à l'envers de la vérité. Ce qui est doux, c'est de considérer, d'un bon paquebot transatlantique, les infor-

tunés *terriens* en lutte avec les écueils et les
coups de vent de la vie. C'est de se dire à son
réveil : « Combien de malheureux vont apprendre, aujourd'hui, que leur notaire est en
fuite, que leur spéculation est désastreuse, que
leurs créanciers ne veulent plus attendre, que
leur père est mort, que leur femme les abandonne ? Nul choc semblable ne peut m'atteindre.
Je brave tous les maux du moment où je les
ignore. »

Discute qui voudra ma philosophie. Je me la
suis fabriquée, j'en conviens, tout exprès pour
aller sur l'eau. A terre, j'en avais une autre absolument opposée, moins égoïste, mais moins
réconfortante. La philosophie, comme je l'entends, joue dans l'existence le rôle des ressorts
dans les voitures : elle adoucit les cahots du
chemin.

A partir de ce soir, je n'ai plus grand'chose
à faire. Mais quel travail pendant toute la journée avec le patron Kerenflech, un brave marin
placé sous mes ordres pour m'aider dans le
service des postes du paquebot ! Il a fallu reconnaître et ranger dans la soute aux dépêches les

trois cent cinquante sacs de journaux et de
lettres que nous avons pris à Marseille. Avec les
millions qui dorment dans ce magasin dont je
porte la clef suspendue à mon cou, il y aurait
eu de quoi payer depuis la création du monde
ma solde mensuelle de cinq cents francs. Je re-
çois en plus le logement dans une cabine superbe et une nourriture variée, abondante et
luxueuse. Malheureusement, — toute ma philosophie échoue sur cet article, — rien ne remplace le beurre frais dans la cuisine pour le
palais délicat d'un Normand.

Frais ou non, le beurre que je mange ne me
coûte pas un sou ni ma cabine non plus, si bien
qu'à la fin du voyage mes appointements tom-
bent dans ma caisse entiers ou à peu près :
voilà pourquoi je navigue au lieu de vendre des
timbres-poste et d'« établir » des mandats à un
guichet quelconque. Je veux avancer et faire
des économies. J'ai de bonnes notes et la réputation d'un garçon rangé. Qu'on interroge mes
chefs et mes camarades; pas de danger qu'un
seul manque de répondre :

— Louis Duport? Oh! c'est un garçon rangé.

Pour eux, n'être pas rangé c'est : jouer au billard jusqu'à minuit et arriver au bureau, une fois par semaine, avec la figure trop blanche et le linge trop jaune d'un homme qui n'est pas rentré chez lui depuis la veille. Ce qui m'a toujours retenu sur la pente du dérangement, c'est moins, je l'avoue, la crainte d'un col fripé, qu'un dégoût profond pour les mains suspectes qui fripent ceux de mes collègues. Donnez-moi cent mille livres de rente, et vous verrez si je suis un garçon rangé !...

Eh bien, pour parler franchement, je crois que je me vante en voulant me faire passer pour un Sardanapale condamné à la vertu par l'indigence. Mon idéal du bonheur, c'est tout simplement deux choses : un peu de gloire et une femme, — une jolie femme bien à moi, — qui m'aime.

La femme, cela peut encore se trouver; j'y songerai tôt ou tard. Mais la gloire... oh ! la gloire ! j'y ai déjà songé. Il y a quelque part, chez un éditeur, un manuscrit qui attend. — Qu'on le publie ? Non : tout d'abord qu'on le lise. Si seulement on le lisait ! Si seulement quelqu'un voulait bien me recommander!

Pendant plus d'un an, je fus de service au guichet de la rue Jouffroy, le bureau d'Alexandre Dumas. Chaque fois qu'il entrait, c'était une révolution des deux côtés du grillage. On se poussait le coude, on se le désignait de l'œil, on chuchotait :

— Dumas ! C'est Dumas !

La voilà, la gloire, la voilà !

Cet heureux immortel me connut bientôt — de figure. Les employés de la poste n'ont pas de nom. J'étais aux petits soins pour lui; je collais moi-même ses timbres sur ses lettres. Un jour que, pour toucher un mandat, il m'exhibait une pièce d'identité quelconque :

— Oh! monsieur Dumas !.. lui dis-je d'un ton de reproche.

Ma main tremblait. Un mot de cet homme célèbre aurait fait lire mon manuscrit, qui ne le sera jamais peut-être. Si j'avais osé lui adresser ma requête, qui sait? Serais-je aujourd'hui en route pour Shang-Haï ? Mais je n'osai pas, ni ce jour-là ni les suivants. Il se serait moqué de moi et, probablement, m'aurait mis dans une de ses comédies. J'ai voulu voyager, je voyage. A mon âge, quoi de plus beau quand on comprend, qu'on aime les beaux spectacles de la nature, et surtout quand on n'a pas le mal de mer ?

Ma première traversée n'a été qu'un long ébahissement, douloureux à force d'être intense ; et pourtant j'ai rapporté intact ce carnet qui devait revenir avec moi bourré de notes précieuses, de documents incomparables, de canevas de romans d'une nouveauté lumineuse. Mais, pour écrire une ligne, il aurait fallu détacher mes yeux de ce que je voyais et je ne le pouvais pas. D'ailleurs, pas le moindre sujet à noter pour un récit quelconque. La vie à bord est monotone, régulière à l'égal de celle d'un cloître. On part, on fait de la route, on arrive dans un port, je conduis mes dépêches à terre, j'en ramène d'autres au paquebot qui, pendant ce temps-là, s'est lesté de la valeur d'un train de houille ; on reprend la mer, et cela dure ainsi pendant six semaines. Cadre admirable, mais rien à mettre sur la toile. Un trajet en omnibus de la Madeleine à la Bastille fournirait plus d'incidents que l'évolution, d'un côté du globe à l'autre, de cette pension bourgeoise à hélice.

Malgré tout, j'ai décidé cette fois d'écrire mes notes, ne serait-ce que pour m'occuper. Les journées sont longues à bord. Ce n'est pas ici que je trouverai ni la gloire ni les femmes.

Il fait déjà trop chaud, la nuit, dans les cabines. Mais, sur le pont, à cette heure matinale, quelle fraîcheur délicieuse! Plusieurs passagers dorment, depuis hier soir, sous la tente du gaillard d'arrière, où je viens de monter. Il y en a un qui ronfle. Pas d'autre bruit, sinon le flocfloc-flocfloc régulier de l'hélice hachant l'eau bleue.

Le jour paraît à peine et, sur notre droite, la veilleuse brillante d'un phare luit encore à l'extrémité d'une terre toute noire qui est la Corse. Au revoir, dernière motte de terre appartenant à la France!

Hier, j'ai passé en revue les voyageurs du *Saghalien*. Un ambassadeur, un gouverneur de colonie, des fonctionnaires, des officiers, se rendant à leur poste. Des savants, des com-

13

merçants, allant courir le monde. Des femmes,
— la plupart moins que jolies, — suivant leurs
maris. Deux missionnaires, deux fous, disent
les uns, deux saints, répondent les autres, deux
héros à coup sûr. L'un d'eux a oublié hier au
soir son bréviaire sur un banc. J'ouvre le livre
et je tombe sur un papier qui porte ces mots
écrits au bas d'une fleur desséchée :

« Adieu, mon bien-aimé ! »

Une mère ou une sœur a écrit cette ligne.
Que ne donnerait-elle, en ce moment, pauvre
créature ! pour être à ma place, à quelques pas
du « bien-aimé » qu'elle ne reverra plus !

Je ne suis, moi, le « bien-aimé » de personne.
Ceux qui m'aimèrent dès avant ma naissance
reposent, côte à côte, dans le cimetière tout
verdoyant d'une petite ville normande. Nulle
autre tendresse n'a fleuri sur ma vie. Je suis
tout seul. Que je parte, que je revienne, que je
reste en route, la chose n'intéresse aucun être
vivant.

Comment a-t-il pu partir, partir pour
toujours, ce prêtre qui laisse derrière lui un
cœur aimant, — et brisé !

La cloche du timonnier vient de piquer
quatre fois deux coups. Celle de l'avant lui
répond; le sifflet du maître de quart gazouille
comme une linotte; le bord se réveille. Les
matelots, pieds nus, silencieux comme des ombres, viennent laver le pont. A-To, le domestique chinois, commence à faire les cuivres,
les cuivres d'un paquebot de quatre cents
pieds de long où tout est en cuivre! Il recom-
mencera demain, après-demain, les jours
suivants, jusqu'à ce qu'il ait gagné de quoi
vivre dans son taudis de Hong-Kong...

Moi aussi, j'appartiens, ici-bas, à la catégorie
de ceux qui « font les cuivres ».

29 juin.

Que c'était beau l'arrivée à Naples, ce matin,
au petit jour! Un tableau peint avec deux couleurs seulement : du rose et du violet. Le ciel
était rose. Sur ce fond clair tranchait une
longue barricade de montagnes dépassées par
un cône surmonté lui-même d'un panache im-

mobile ; tout cela du même violet sombre. Puis,
à mesure que nous approchions, le milieu de
cette muraille a paru fléchir et reculer, comme
le centre d'une ligne de bataille enfoncée dont
les ailes résistent encore. Et, bientôt, nous
étions enveloppés dans un cercle, dominés par
le Vésuve à droite et à gauche par le Pausilippe.
En même temps, comme un ennemi victorieux
qui donne l'assaut, le soleil rouge apparaissait
sur la crête du rempart. Devant nous, Naples
rangeait très vite, ainsi que dans la précipita-
tion d'une surprise, ses maisons sans toit
commandées par de hauts édifices.

La plupart des passagers, montés sur le pont,
regardaient. Moi, j'avais autre chose à faire.
Déjà mon canot, — j'ai le mien, spécialement
affecté au service des postes, — descendait en
faisant crier ses poulies, le long du bord, avec
les deux canotiers assis à leurs bancs. Mes sacs
de dépêches, tout prêts, étaient à la coupée
sous la garde de Kerenflech. A peine l'hélice
arrêtée, nous avons nagé vers la ville, bouscu-
lant les embarcations chargées de chanteurs,
de joueuses de guitare et de marchands de

corail qui commençaient le siège de *Saghalien*.

J'aurais eu du plaisir à m'arrêter pour entendre toutes ces musiques. Mais il faut que je fasse mon métier de facteur rural sur la grande route de Marseille au Japon.

L'express de Paris, qui gagne vingt-quatre heures sur nous et apporte les paquets retardataires, s'est fait attendre. A dix heures seulement « la poste » est arrivée à mon canot, au galop de deux haridelles. Depuis longtemps le *Saghalien*, toutes ses opérations terminées, s'impatientait de notre retard. Comme j'allais rejoindre le bord, un omnibus de la gare a débouché sur le quai à fond de train, portant un voyageur, deux dames et de volumineux bagages. A l'escalier d'embarquement, pas d'autre canot que le mien.

— Monsieur, me demanda l'homme avec un accent du Nord, pourriez-vous avoir l'extrême bonté de me conduire, moi et ces dames, au *Saghalien* où nous devons prendre passage et dont le retard du train nous expose à manquer le départ? Vous appartenez au navire, si j'en juge par le nom inscrit sur le chapeau de vos canotiers.

J'étais trop de mon pays pour ne pas opposer tout d'abord à mon interlocuteur les « règlements administratifs » qui interdisent à mes sacs de dépêches le contact impur du public.

Le voyageur, consterné, cherchait vainement des yeux une embarcation quelconque. On eût dit que tous les mariniers de Naples s'étaient donné le mot pour être occupés en rade ce matin-là.

— Quand part le bateau? interrogea le voyageur.

— Aussitôt, répondis-je, que j'aurai touché le bord.

Ma propre dureté me révoltait moi-même, car, au fond, j'ai l'âme bonne. Par-dessus le marché, je me sentais foudroyé par les yeux des voyageuses, très jolies, — et par leurs malédictions, sans doute, proférées avec une indignation contenue dans un langage inintelligible pour moi, bien que je parle plusieurs langues.

— Mais, mesdames, c'est défendu! insistai-je, furieux comme tous les gens faibles dont on met la faiblesse à l'épreuve.

La plus élégante de mes deux victimes, une des plus belles brunes que j'aie vues de ma vie, parut prendre assez tranquillement son parti de rester quinze jours à attendre le bateau suivant. L'autre, une blonde aux yeux couleur de pervenche, me regarda sans dire un mot, navrée. Celle-là, évidemment, voulait partir. Ses yeux charmants me convainquirent en une seconde qu'elle avait raison et que j'étais un parfait imbécile avec mes règlements administratifs.

Deux minutes après, ma coque de noix faisait force de rames, chargée à couler de dépêches, de bagages et de sept personnes y compris les canotiers et le patron. Si la mer eût été houleuse le moins du monde, j'imagine que le *Saghalien* ne m'aurait jamais revu, ni moi ni mes sacs, tout cela parce que ce diable d'étranger, au lieu de courir le monde avec deux laiderons, était escorté de deux jolies femmes à qui je n'avais pas eu le courage de dire non.

Quand je commençai à croire que nous

n'irions pas au fond de l'eau, je questionnai l'inconnu sur le but de son voyage. Il me répondit, sans se faire prier le moins du monde, qu'il se nommait Polak, d'Amsterdam, qu'il arrivait d'une traite de cette ville avec sa femme, épousée la semaine précédente, et qu'il se rendait à Java, où il dirigeait une maison de banque importante.

— J'ai voulu, conclut-il, faire gagner à ces dames trois jours de mer en prenant le bateau à Naples. Sans votre obligeance, monsieur, mes beaux calculs n'auraient pas précisément réussi.

— Mais, objectai-je, après un échange de poignées de main avec le seigneur Polak et un profond salut aux dames, n'avez-vous pas d'excellentes lignes hollandaises qui accomplissent le trajet d'Amsterdam à Batavia !

— Si, assurément. Mais j'ai fait quatre ou cinq fois le voyage, et, pour plusieurs raisons, je préfère vos Messageries. D'ailleurs, je suis pressé et la date de votre départ me convenait mieux.

Comme il jugeait sans doute, d'après mes

regards investigateurs, que j'étais curieux de
savoir laquelle des deux femmes était sa propriété légitime :

— Madame Van Cleef, une de nos amies dont
le mari est à Java, dit-il en me désignant la
dame blonde, celle qui était si pressée de
partir.

Moi, je n'avais pas besoin de me présenter.
Mon uniforme, moitié marin, moitié civil, ma
casquette galonnée d'or avec ce mot POSTES,
fièrement étalé au-dessus de la visière, me pré-
sentaient suffisamment. J'étais « monsieur
l'agent des postes ». Que leur fallait-il davantage?

— Une fois tirés d'embarras, une fois installés
sur le *Saghalien*, pensai-je, ils ne me connaî-
tront plus. Je sais ce qu'elle vaut, la reconnaissance de mes semblables !

Notre arrivée à bord m'interrompit dans ces
réflexions pessimistes. On nous voyait approcher
et, pour gagner du temps, les treuils à vapeur
rentraient déjà les amarres énormes passées
dans l'anneau de la bouée. A peine accostés,
le *Saghalien* est parti. Le reste de la journée

s'est passé à faire ouvrir |des sacs et à timbrer
des lettres.

30 juin.

Allons! Il y a encore, de par le monde, des
êtres qui ne connaissent pas l'ingratitude. Mes
Hollandais appartiennent à cette espèce rare,
et je crois bien que nous allons devenir bons
amis. D'ailleurs, le hasard s'en mêle. Embar-
qués les derniers, les trois étrangers occupent
l'extrémité de la table sur l'arrière, celle qu'on
appelle « le bout du commissaire », par opposition au « bout du commandant ». Comme j'ai
mon couvert mis à côté de celui du gros père
Faffe, le comptable aux galons d'argent, je me
trouve le voisin de la blonde madame Van Cleef.
Ensuite, vient sa brune amie, puis le non moins
brun M. Polak, qui m'abreuverait de vins d'extra, si je le laissais faire, d'un bout du repas à
l'autre, sous prétexte que je suis « son sau-
veur ». Singulier sauvetage qui a failli les faire
noyer tous et moi avec eux !

Il faut dire que ma protection a continué de s'étendre sur mes nouveaux amis. Grâce à mes bonnes relations avec les autorités du bord, j'ai pu faire donner aux jeunes mariés une cabine isolée et tranquille. Chose plus malaisée, j'ai obtenu que leur amie en ait une pour elle seule, ce qui n'a pas manqué d'exciter des jalousies. On sait que je suis l'auteur ou du moins l'intercesseur de cette grâce signalée, et je commence à être honoré de l'attention de quelques belles dames, qui, jusqu'à présent, ne me regardaient même pas. Parmi ces dernières, s'en trouve une bien jolie, qui me regarde beaucoup, d'un côté de la table à l'autre. C'est une Parisienne, évidemment et, même, je suis sûr de l'avoir rencontrée quelque part. J'allais demander son nom au commissaire, mais ma voisine de droite m'en a empêché en m'adressant la parole avec une simplicité charmante, comme si elle m'avait toujours connu.

A la moindre question qu'elle vous pose, elle vous sonde de ses grands yeux bleus. On dirait que de la réponse qu'elle attend, dépendent sa fortune et sa vie. J'estime qu'il faudrait être le

dernier des gredins pour se rendre coupable
envers elle du plus petit mensonge. Elle croirait
facilement, on le voit. Mais elle semble être de
celles qui ne reviennent jamais plus à la confiance, une fois la tromperie découverte.

Toutefois, sa candeur n'est pas l'ingénuité
molle, passive et flottante des filles d'Allemagne. Elle est honnête, simple et droite, parce
qu'*elle veut* avoir ces qualités, non parce que
la nature les lui a données par hasard, au lieu
des vices contraires. A-t-elle aimé? Aime-t-elle
son mari? C'est possible, mais je ne l'affir-
merais pas encore. Je m'amuserai à le deviner
pendant les vingt-cinq jours que nous avons à
passer ensemble, d'ici à Singapoor. Cette âme
qui s'étale franchement derrière le cristal violet
des yeux grands ouverts doit être le plus facile
à lire des livres.

Seulement, il y a quelque chose qui me
trouble et m'étonne. On jurerait que ce livre,
— comment dirai-je! — que ce livre est tel
encore qu'il est sorti des presses du mystérieux
imprimeur de là-haut. Nulle de ses pages ne
semble avoir été coupée. L'œil d'aucun homme

ne paraît avoir glissé son interrogation ardente
entre ces feuillets immaculés.

Madame Van Cleef? Est-ce possible? Il existe
un M. Van Cleef qui a lu ces pages, qui les a
relues, qui les sait par cœur? Des petits et des
petites Van Cleef, peut-être? Cette enveloppe,
virginale de pureté, de fraîcheur, d'ignorance
exquise, couvre l'âme d'une épouse et d'une
mère?

O Van Cleef! tu m'intéresses, tu m'attires,
je voudrais te voir! Tu dois être mince, blond,
imberbe, avec une robe couleur d'azur et des
ailes. Tu dois ressembler à ces discrets oiseaux
du pays lointain que tu habites, toujours sou-
tenus en l'air par leur vol léger, et qui touchent
seulement de leur bec imperceptible la fleur
dont la rosée suffit à leur soif. Et toi, jeune
épouse, au pur sourire, quel être impalpable
étais-tu donc avant d'avoir mis ta main dans
celle de Van Cleef!

1ᵉʳ juillet.

Les Polak me paraissent convaincus qu'ils
servent de chaperon à leur compagne de voyage.
Mais, en réalité, leurs propres affaires les occupent trop pour leur laisser le temps de s'occuper des autres. Singulier abri pour une lune de
miel, qu'un paquebot encombré où l'on ne
peut allonger le bras, de jour, sans éborgner
quelqu'un, ni tousser, la nuit, sans éveiller dix
personnes !

Madame Polak est juive, comme l'indiquent
son visage et son nom. Elle est admirablement
belle. Ses grands yeux noirs, en amande, sont
voluptueux de loin, chastes de près. Si j'osais,
je dirais qu'ils sont le contraire des yeux de madame Van Cleef, car, sans s'en douter, celle-ci
me trouble étrangement, parfois, quand son
regard humide croise le mien.

La superbe Sarah se sépare encore de son
amie par la grâce féline de ses mouvements,
empreints de la langueur d'un autre ciel. L'épi-

derme velouté, chaud, aspire la lumière du soleil, mais, comme dans un sol fécond, les rayons
absorbés deviennent fleurs. La rose de Jéri-
cho éclate au sommet de ses joues. Le lis des
vallées de Sion, aux tons ambrés, aux senteurs
capiteuses, apparaît vaguement à l'échancrure
étroite du corsage, terre promise à peine entrevue, qui laisse deviner les plus adorables
vallons dont Juda se soit jamais enorgueilli.
Auprès de ses lèvres, la fleur du grenadier
doit être pâle.

Tous les hommes, sur le *Saghalien*, semblent
avoir pour cette Rébecca les yeux d'Éliézer.
C'est une déroute générale. Vers onze heures,
quand les passagers de première classe quittent
la salle à manger pour le pont, il faut voir le
commandant s'empresser, offrir son bras à la
belle juive, et la conduire, suivie de Polak sou-
riant et superbe, prendre le café dans son petit
salon.

Par politesse on invite madame Van Cleef,
qui refuse toujours. Alors, pendant une demi-
heure, nous parcourons ensemble l'espace de
quatre-vingt-treize pas de long (je les ai comptés

seul bien souvent) qui sert de promenade aux
passagers du *Saghalien.*

2 juillet.

Quelle diable d'idée ont eu ses parents de l'appeler Théodora ! Heureusement que ce prénom
monumental fait place dans l'intimité au diminutif charmant de Doortje. Rien de gracieux,
dans la bouche de sa compatriote Sarah, comme
cette longue syllabe traînante qui se résout en
bruit de baiser : Door... tje !

Comment n'avoir pas confiance dans une
jeune... — j'allais écrire jeune fille ; c'est plus
fort que moi, — dans une jeune femme qui a
des cheveux blonds magnifiques, des yeux
couleur de pervenche (amitié constante), et qui
s'appelle Doortje ?

Aussi, je viens de lui raconter toute mon
histoire : mon enfance un peu triste dans la
maison de mes parents, modestes bourgeois
d'une petite ville ; mes succès dans la classe de
douze élèves dont j'occupais la tête, au lycée ;

les rêves d'avenir que nous faisions tous alors. Puis, la réalité dissipant les rêves; les grandes écoles, en dépit des prédictions de nos voisins, s'obstinant à ne pas m'ouvrir leurs portes; le découragement général de la famille, et enfin, ô déception ! mon entrée dans une carrière dont l'idée seule me faisait sourire, au temps des illusions de mes dix-sept ans. Et, comme épilogue, ma grande résolution de naviguer.

A mesure que je parlais, je voyais le regard lumineux de Doortje s'arrêter sur moi avec plus d'intérêt.

— Vous avez du courage, m'a-t-elle dit. Vous êtes un homme. Mais, avec cette énergie, puisque l'Océan ne vous effraye pas, comment ne vous êtes-vous pas fait colon ? Après quelques années d'efforts...

— Vous parlez en fille de la Hollande, ai-je répondu, mais moi je suis Français. Pour nous autres, le seul mot de colonie a toujours je ne sais quelle vague odeur de travaux forcés et de déportation. Aller aux colonies, chez nous, cela ne déshonore pas tout à fait, mais cela déclasse.

— Un homme intelligent comme vous devrait
rire des préjugés.

— Ainsi fais-je. Mais il y a des choses dont
je ne ris pas. D'ici, je vois, dans un coin vert
de la Normandie, une petite maison, *ma* maison, la plus charmante, la plus pittoresque, la
plus enviable demeure que je connaisse. Oh ! si
vous pouviez l'apercevoir, coquettement ados-
sée au tertre couvert de châtaigniers qui
domine Mortain. Derrière la maisonnette, un
petit enclos étage ses gradins aux terrasses
tapissées d'iris, de lierre et de pervenches.
Quand je regarde vos yeux, il me semble que
vous avez volé deux fleurs à mon parterre aimé.

Elle a ri sans coquetterie, mais non sans
malice, et j'ai compris que ce rire signifiait :

— C'est donc pour cela que vous les regardez
si souvent.

— Soyez tranquille, ai-je continué ; je ne
réclame aucune restitution. Que ne puis-je, au
contraire, vous prier de gravir avec moi l'escalier rustique et vous faire cueillir mes plus
belles fleurs, mes fraises les plus rouges ! Que
ne puis-je, au sommet de mon jardin, m'as-

seoir avec vous sur le banc de marbre d'où ma mère m'a regardé jouer si souvent! Là-bas, à nos pieds, ces myrtes sombres, c'est le cimetière, où elle repose à côté du père qui m'aimait tant. Et maintenant, levez les yeux, regardez l'horizon. Ce miroir qui brille tout au loin, c'est la Manche, et cette masse découpée qui s'en détache, comme un objet d'art aux ciselures fines posé sur l'or d'un plateau, c'est le mont Saint-Michel, la *Merveille!*

— Comme vous aimez votre pays! a chanté la voix de Doortje.

A cette heure, je voyais sur le velours des pervenches l'éclat que laisse après elle la rosée fraîche d'une douce nuit. Quel homme heureux que ce Van Cleef! Et comme j'étais heureux moi-même de remuer pour elle ces souvenirs qu'aucune oreille humaine n'avait entendus revivre depuis longtemps! Je repris, perdu dans la mélancolie de mon rêve :

— J'aime tant mon pays qu'il me paraît à peine croyable qu'un autre amour puisse me posséder davantage, même si je dois jamais connaître ce qu'on nomme l'amour. Puissé-je mourir dans ma maison, dans la petite ville qui m'a vu naître !

Madame Van Cleef se mit à rire. L'émotion et la gaieté se jouent sans cesse dans ses yeux, comme le soleil et la nue dans un ciel de printemps.

— Vous n'êtes pas ambitieux, fit-elle.

Moi n'avoir pas d'ambition ! J'en ai deux entre lesquelles j'hésite. A certains moments la gloire m'appelle, et je me vois entrant chez le graveur de l'Institut pour commander des cartes ainsi conçues :

LOUIS DUPORT

de l'Académie française

D'autres fois, sur un vélin plus modeste, le burin de ma folle imagination trace avec moins d'effort ces deux lignes :

LOUIS DUPORT

Receveur des postes à Mortain (Manche)

A cette minute, en regardant l'honnête et

doux visage de celle qui m'écoutait, ce n'était
point vers le pont des Arts que je me sentais
emporté, mais vers la maisonnette au jardin
planté de pervenches, vers le bureau tout plein
des âcres senteurs de la cire à cacheter et de
l'encre à tampon. Passer ma vie dans l'accom-
plissement de mes obscurs devoirs entre une
femme aimée et de beaux enfants ; vieillir dans
ces murs dont chaque pierre me raconte un
souvenir, connaissant tout le monde, connu de
chacun, sans triomphes mais sans luttes !...
Ah ! je le sentais ; voilà le bonheur !

Je peignis à Doortje le tableau de cette existence désirée et, sans doute, je fus éloquent à
mon insu, car elle me dit avec un peu de mélancolie :

— Vous me faites penser que je m'éloigne de
mon pays et des miens pour ne jamais les
revoir, peut-être. Que diriez-vous donc si,
comme moi, vous quittiez un père, une mère,
des frères et des sœurs chéris !

C'était le moment de lui demander son histoire, mais elle m'a quitté et, jusqu'au soir, je
ne l'ai plus revue.

3 juillet.

J'ai su par le gros Faffe, notre commissaire,
le nom de la Parisienne qui, décidément,
m'honore de sa curiosité. Elle ne me quitte
guère des yeux, à table, quand je cause avec
madame Van Cleef, ma voisine, ce qui a lieu,
pour dire le vrai, d'un bout du repas à l'autre.
Il est vrai aussi que cette aimable curieuse n'a
guère autre chose à faire que de nous contempler, Doortje et moi, car elle est assise entre sa
sœur, un parfait laideron dont l'esprit ne
paraît pas plus brillant que sa figure, et un
clergyman du genre figé qui va prendre le service de la chapellenie anglaise à Colombo.

Cette jeune personne, plus connue dans les
petits théâtres d'opérette, par la hardiesse de
ses travestis que par celle de ses vocalises, est
mademoiselle Irma Pellegrin. Je crois bien
qu'il me semblait connaître cette frimousse-là !
Tout le monde la connaît. On ne voit que sa
figure chiffonnée, ses épaules, ses bras, — et

ses jambes aussi, — à la devanture des photographes de Paris et des grandes villes de France.

Elle s'ennuie à mourir. Les femmes, renseignées évidemment sur son identité, la fuient comme la peste. Les passagers mariés la fuient... comme les filous fuient les boutiques de joailliers. A bord on n'a pas la ressource de dire qu'on va passer la soirée au Cercle ! Quant aux célibataires, peu nombreux sur notre bateau, ils ne brillent ni par les charmes physiques, ni par l'amour des aventures, ni, je le soupçonne, par la richesse. La pauvre Irma Pellegrin ne s'est jamais vue à si maigre ordinaire. De là, sans doute, les regards miséricordieux qu'elle tourne sur moi. Elle est jolie, cette diva, quoique un peu rousse, mais d'un beau roux que je soupçonne d'être de la même famille que ce beau désordre dont parle le poète.

Elle ferait travailler l'imagination d'un plus blasé que moi, et si le hasard n'avait fait embarquer dans mon canot, à Naples, certaine blonde aux yeux violets... qui sait ?

Nous avons aperçu, au coucher du soleil, la

plage de Damiette, premier échantillon de la
terre égyptienne, singulier paysage qui ressemble aux dessins primitifs dont j'illustrais,
d'inspiration, les marges de mes cahiers d'histoire. Une colline haute comme rien, puis trois
palmiers, puis une autre colline, puis d'autres
palmiers, et ainsi de suite à perte de vue. On
dirait les arbres et les tas de pierre d'une route
de la Beauce.

Madame Van Cleef, qui était près de moi,
s'est extasiée sur ce spectacle.

— Voilà donc l'Orient! s'est-elle écriée.

— Quoi! ai-je dit, vous ne le connaissez pas
encore?

Et, comme elle me répondait négativement :

— Je croyais, ai-je ajouté, que vous habi-
tiez... que votre mari habitait le pays du soleil
et des tigres.

Elle a rougi, à ces mots, de même qu'elle eût
fait si j'avais dit une parole indiscrète. Je lui ai
demandé, ce qui était d'ailleurs une question
assez sotte :

— Votre mari, si je comprends bien, vous a
précédée?

— Mais oui, a-t-elle répondu avec une sorte de pudique embarras, puisque je vais le rejoindre.

En parlant ainsi, elle avait les yeux fixés sur M. et madame Polak qui contemplaient ou feignaient de contempler le soleil disparaissant à notre arrière dans un bain de pourpre. Mais ces heureux époux songeaient peu, ou je me trompe fort, aux beautés de la nature et, bientôt, ils ont fait comme le soleil. Madame Van Cleef s'est retirée peu de temps après, et moi j'ai regagné ma cabine pour préparer mes sacs de dépêches, car nous serons dans la nuit à Port-Saïd.

Comme je venais d'endosser, pour être plus à l'aise, — déjà la chaleur est étouffante, — un ample costume de laine légère et de larges babouches de maroquin, j'ai entendu un coup léger frappé à ma porte. J'ai ouvert et mademoiselle Irma, tenant ostensiblement une lettre dans ses doigts roses, est entrée chez moi comme si elle n'avait fait que cela toute sa vie.

— Affaire de service, m'a-t-elle dit avec un sourire qui découvrait ses dents blanches.

— Diable! ai-je répondu, montrant mon
négligé de fantaisie. C'est que je ne suis guère
en tenue de service.

— Oh! moi non plus, a-t-elle fait en éclatant
de rire. Mais il fait si chaud!

Le fait est que, derrière mon grillage de la
rue Jouffroy, je n'étais guère habitué à servir
des clientes vêtues de mousselines aussi dia-
phanes, et, dans mon bureau flottant du
Saghalien, le grillage manque. Par contre, on
y trouve des chaises. Avec une aisance parfaite,
ma visiteuse en prit une et se laissa regarder
en femme sûre d'elle et maîtresse de son temps.

Elle avait un peignoir de batiste ouvert au
cou, et dont l'épaisseur, habilement calculée,
permettait de distinguer, de deviner plutôt des
nuances d'un rose insaisissable sur les bras et les
parties supérieures du buste. A la taille, jouis-
sant de cette heureuse liberté des peuples
assez forts pour se conduire eux-mêmes, commençait un jupon de soie mauve aux mollesses
accusatrices, que le photographe ordinaire de
cette charmante personne eût trouvé trop long.
Toutefois, il ne l'était pas encore assez pour

cacher deux chevilles bien prises dans le réseau nacré des bas de soie, et deux pieds jouant au bilboquet avec des mules en fibres d'aloès. Je néglige les rubans, les dentelles et aussi un parfum que j'aurais soupçonné de venir, sur l'aile du zéphyr, des anciens domaines de Cléopâtre, cette reine de capiteuse mémoire si, malgré la petite distance de la terre, il n'eût été plus naturel encore d'en attribuer l'honneur à Houbigant ou à Guerlain.

— Mademoiselle, dis-je, quand j'eus bien regardé ma visiteuse, je n'ai jamais eu le plaisir de vous entendre chanter aucun de vos rôles ; mais si vous avez dans vos malles beaucoup de costumes comme celui-ci, je vous promets d'avance un fier succès dans vos tournées.

— Oh ! répondit-elle avec bonne humeur, mes malles ne sont pas bien lourdes. L'opérette a baissé dans la faveur des Parisiens, et les pauvres cigales comme moi sont obligées de s'envoler au loin pour fuir la bise et la famine.

Tournant un regard expressif vers ce que je voyais de ses bras potelés et de sa poitrine

dodue, je hasardai cette réplique autorisée par
l'à-propos :

— Que parlez-vous de cigales? j'espère que
vous n'avez pas leur voix; mais je peux témoi-
guer *de visu* que vous n'êtes point bâtie sur leur
modèle. J'imagine qu'en vous comparant à une
caille, on serait mieux dans la note.

Elle éclata de rire comme si nous eussions
été dans son boudoir. Décidément, c'est une
femme gaie.

— Je ne crois pas, fit-elle, que la caille puisse
me servir d'emblème. C'est un oiseau qui parle
toujours de payer ses dettes, tandis que
moi...

Sa phrase fut achevée par un geste qu'elle ne
devait pas avoir appris au cours de M. Mau-
bant, et qui laissait peu d'espoir à ses créanciers d'outre-mer. Puis, reportant son attention
sur mon humble personne :

— Est-ce que vous vous amusez sur ce
bateau, vous? demanda-t-elle.

— Je ne m'y ennuie pas. Il est vrai que je ne
suis point une femme habituée à ce qu'on lui
fasse la cour...

— Oh! bien, en ce cas, fit-elle avec un cligne-
ment d'yeux de gamin, certaines femmes ne
doivent pas s'ennuyer sur le *Saghalien*. Madame Van Cleef, entre autres, doit y trouver le
temps assez court, surtout pendant les repas.

Je ne sais pourquoi il me déplut d'entendre
ce nom dans la jolie bouche de mademoiselle
Irma Pellegrin.

— On peut causer avec une femme sans lui
faire la cour, dis-je subitement refroidi. Si je
vous avais pour voisine, croyez-vous, par
hasard, que je ne vous adresserais pas la parole?

— Je veux bien essayer, fit-elle en plongeant
dans les miens ses diables d'yeux verdâtres.
Demandez à changer de place avec mon clergyman. On ne vous refusera pas cette faveur, à
vous qui êtes un personnage à bord.

Non, même à cet instant, je sentis que je ne
voudrais pas changer de place, et j'avoue que
je m'étonnai de tenir à ce point au voisinage de
madame Van Cleef.

— Oh! m'écriai-je pour détourner la conversation, fameux personnage! Un agent des

14.

postes !... Mais, à propos, vous ne m'apprenez pas pour quel objet vous étiez venue requérir mes services.

Elle me regarda une seconde fois. Quel regard ! Elle ne m'en eût pas donné un troisième du même genre si, je ne sais pourquoi, le nom qu'elle avait prononcé n'avait mis comme en tiers, entre nous, une personne invisible.

— C'est vrai, dit-elle ; j'étais venue vous prier d'affranchir cette lettre.

Elle se leva et, tandis que je timbrais la missive, elle fit le tour de ma chambre, qui était un monde et un palais auprès d'une cabine ordinaire.

— Tiens ! s'écria-t-elle en s'arrêtant devant ma couchette à tiroirs, vous dormez dans une commode?

J'allais lui répondre quelque bêtise, mais, une fois encore, l'image de madame Van Cleef me reporta vers des pensées plus sages. Le sabord était ouvert. Je m'en approchai pour voir si le feu de Port Saïd paraissait déjà ; peut-être aussi pour rafraîchir mon front à la brise nocturne, car il faisait doublement chaud dans mon réduit depuis un quart d'heure.

Quelque chose de souple, de parfumé, de tiède se pressa contre mon épaule. Une tête aux boucles frisées trouva juste la place de passer par l'étroite ouverture en frôlant presque mon visage ardent.

— C'est donc bien beau, ce qu'on voit là? me dit Irma Pellegrin, d'une voix qui me parut légèrement ironique.

Nos deux têtes étaient tout près l'une de l'autre. Un léger tangage nous berçait avec une complicité trop évidente et, sans doute, ma compagne était loin d'avoir le pied marin car, à chacune des longues et moelleuses oscillations du navire, je sentais son corps, abandonné de plus en plus, se coller contre le mien. Moi-même, bien qu'aguerri par deux longues traversées, j'éprouvais je ne sais quel roulis dans mon cerveau comme si la mer eût été grosse.

Dieu sait pourtant qu'elle n'avait jamais été plus calme. L'amoureuse galère de Cléopâtre aurait pu sans crainte aventurer, une fois encore, dans ces flots endormis sa proue d'ivoire, ses rames dorées, ses voiles de pourpre soyeuse et son équipage couronné de roses. La nuit nous regardait; non pas la chaste nuit du Nord, drapée dans ses longs plis de brume flottante et baissant vers la terre les yeux pâles de ses étoiles. La nuit d'Orient, cette bacchante lascive, tiède, endiamantée, grasse des parfums, faisait entendre à nos oreilles sa chanson lente aux rythmes énervants. Une vague un peu moins imperceptible que les autres, peut-être, amena la joue de ma voisine contre la mienne.... Si je disais que je m'enfuis en faisant le signe de la croix, je passerais forcément ou pour aimer par trop la vertu ou pour ne point haïr assez le mensonge. Or, aucun de ces deux défauts n'est le mien.

— Nous sommes à Port-Saïd, cria tout à coup la voix du patron Kerenflech à travers ma porte... Le canot est paré.

Heureux canot ! J'étais terriblement désemparé, moi.

Cependant, j'eus la présence d'esprit d'éloigner habilement ce Mentor, venu fort à propos pour sauver d'un naufrage complet la vertu de

Télémaque (Télémaque! encore un qui passait dans l'ordinaire pour « un garçon rangé »)! Irma put s'éclipser sans être vue, l'imprudente!

Un instant après, j'étais dans le youyou, avec mes dépêches.

Faut-il l'avouer? J'avais oublié sur mon bureau la lettre d'Irma. C'était la première fois, je peux le jurer, qu'une lettre si bien affranchie manquait la poste par ma faute.

Port-Saïd, 4 juillet.

J'ai déjeuné à terre, ne me sentant pas l'assurance nécessaire pour me trouver, — si tôt, — à la même table qu'ELLE. Tout le monde va croire que ces quatre lettres en majuscule désignent Irma Pellegrin.

Non, quand je dis ELLE, je parle de Doortje. Ce sont ses grands yeux de vierge d'Albert Dürer qui me font peur ce matin, et l'idée de me rendre coupable à leur égard d'une hypocrisie, même tacite, me révolte. Je rougis

à l'idée que cette créature franche et naïve me
tendra sa main confiante, qu'elle me deman-
dera si j'ai bien dormi, qu'elle continuera de
me considérer comme un être animé d'instincts
élevés, honnêtes, délicats, à l'égal d'elle-même.
Oui, je suis sûr qu'elle me croit sérieux, tout
occupé de mes devoirs et de mon avenir, un peu
occupé d'elle aussi, non pas amoureux, mais
déjà exclusif dans ma sympathie. Autrement dit,
je sais, à n'en pas douter, qu'elle ne me traite-
rait plus comme par le passé, si elle soupçonnait de quelles légèretés, de quelles folies je suis
capable. Mon Dieu ! qu'elle l'ignore toujours !
Que deviendrais-je, privé de son estime?

.Après mon déjeuner pris au moins mauvais
des hôtels de Port-Saïd, après une sieste pendant laquelle le plus gros du soleil a passé, je
suis allé voir le village arabe, à l'autre bout de
la plaine, dont le sol semble être de farine
blanche.

Ces femmes voilées, ces nègres à peine vêtus,
ces chameaux se roulant dans le sable ont fait
prendre à mon esprit comme un bain de couleur
locale. J'ai oublié tout le reste pour admi-

rer ces tableaux d'un réalisme à la fois lumineux et sordide.

Tout à coup, je vois arriver, au pas, une de
ces caisses carrées en bois, montées sur roues,
qui sont les fiacres du pays. Un monsieur et
deux dames en descendent. Ce sont mes Hollandais. Je m'offre comme cicerone; on accepte
mes services; nous voilà engagés dans des rues
puantes, dans un dédale de ruches humaines
commençant à la maisonnette en bois pour finir
à la couverture en poil de chameau jetée sur
trois piquets, en passant par la hutte de jonc
et de terre.

Les Arabes nous ont entourés en assez grand
nombre; madame Polak s'est accrochée au bras
de son mari; madame Van Cleef, légèrement
effrayée, je crois, a pris le mien, le serrant un
peu sans s'en rendre compte. J'avais honte
pour elle de cet impur contact.

— Si elle savait, pensais-je, quelle main a
touché ce bras, hier soir !

Mais elle n'en savait rien. Elle s'appuyait sur
moi comme si j'eusse été son frère ou le plus
ancien de ses amis. Sa voix douce, ses questions,

intelligentes et naïves tout à la fois, m'enchantaient. Je ne songeais qu'à l'entendre, qu'à la voir, qu'à l'admirer. Plus je l'admirais, moins j'admirais l'*autre*, assurément, mais plus je remontais dans ma propre estime. A ce compte-là, je ne pouvais manquer de m'estimer bientôt sérieusement.

L'excursion finie, on m'offrit la quatrième place du berlingot pour revenir au port. Comme nous mettions pied à terre sur le quai, on nous a informés que le *Saghalien* n'entrera dans le canal que demain, par suite de l'encombrement causé par l'affluence des navires.

A l'annonce de ce retard, mes amis résolurent de dîner à terre, et je fus invité à me joindre à eux. Puis nous allâmes prendre le moka arabe et fumer le narghilé dans un café chantant. Quelle charmante soirée ! Quel heureux homme que ce Van Cleef, et comme il doit attendre sa femme avec impatience ! J'ai eu la maladresse de communiquer à Doortje cette réflexion. Elle a souri, rougi, et j'ai compris à son regard voilé que son cœur s'envolait bien loin du sable aride que nous soulevions sous

nos pas. Bref, je n'ai plus existé pour elle
jusqu'au moment où nous sommes rentrés à
bord.

Plus d'une fois, dans la journée, j'avais
entrevu, non sans quelque effroi, ce moment
critique, car, ou je me trompe fort, ou mademoiselle Irma ne doit pas être de celles qui se
contentent d'une demi-victoire. Je me méfiais,
non sans raison, car je l'aperçus me guettant à
l'escalier des premières; mais je connais les
détours secrets du *Saghalien*, et j'ai pu gagner
ma cabine sans fâcheuse rencontre.

Je me suis vertueusement enfermé à double
tour, et je n'ai pensé qu'à Doortje.

5 juillet.

Longue journée monotone dans le canal.
Comme vue, tantôt des berges plantées d'a-
joncs, à se croire entre les deux talus d'une
tranchée de chemin de fer, en Basse-Bretagne;
tantôt des plaines grises sans fin, semées de
flaques d'eau de cent hectares : le champ de

15

Mars en plus grand, après une forte ondée. Le
Saghalien marche à la vitesse d'un fiacre dont
le cocher saurait d'avance qu'il n'aura point de
pourboire. Aussi pas le moindre courant d'air,
étouffement général dans une atmosphère satu-
rée de vapeur chaude.

Sans les *ponkahs*, dont les grandes ailes
blanches battent sur nos têtes dans la salle à
manger, personne n'avalerait une bouchée.
Irma, Irma elle-même, dont les yeux, d'abord,
m'avaient foudroyé, Irma est abattue et défail-
lante. Elle est à l'aise dans son costume, pourtant, car elle arbore le fameux peignoir aux rubans mauves, dont la nuance demi-deuil convient aux demi-remords que soulève dans ma
demi-conscience la pensée de mes torts ap-
proximatifs envers cette demi-vertu.

Parmi nos passagères, madame Van Cleef se
distingue par son énergie. Quelle femme courageuse ! Rien ne la déconcerte, rien ne
l'étonne, excepté cependant les éclairs lan-
guissants qui se rallument par intervalles dans
les yeux de la chanteuse.

— Comme cette personne vous regarde !

m'a-t-elle dit. On croirait qu'elle vous garde
rancune de quelque chose.

— Je vous assure, ai-je répondu, que les
regards sont pour vous. Cette coquette enrage
de n'être point la plus jolie parmi les dames du
Saghalien.

— Elle est bien jolie, pourtant! Et quelle
ravissante toilette! Ah! ces Parisiennes! Si j'é-
tais moins raisonnable, comme je les envierais!
Mais j'en suis pour ce que j'ai dit, monsieur,
c'est vous qu'on regarde.

Ce soir, à sept heures, le bateau s'est arrêté
pour passer la nuit dans un garage. Tout le
monde était sorti de table, et les passagers,
groupés sur le pont, contemplaient le disque
cuivré du soleil baissant à l'ouest. Il a disparu
subitement derrière la ligne blanche et droite
de l'horizon sablonneux, comme derrière l'a-
rête sèche d'un mur neuf, laissant à peine un
crépuscule d'un demi quart d'heure.

Le commandant nous a fait une surprise, —
qui se renouvelle à chaque voyage. — Tout à
coup, le piano du salon, porté par des matelots,
a émergé sur le gaillard d'arrière. Mademoi-

selle Pellegrin aînée s'est assise devant le cla-
vier et, si les crocodiles des bords du Nil ont
de bonnes oreilles, ils ont pu entendre la valse
du *Danube bleu* enlevée avec une vigueur toute
française. Des falots se sont allumés sous la
longue tente. Les couples se sont formés, la
fraîcheur du désert, subitement réveillée, donnait des jambes à tout le monde. J'apercevais
Irma qui mettait ses gants et, par des cercles
rétrécis comme ceux d'un oiseau de proie, se
rapprochait de moi, comptant bien que mon
bras allait enlacer une taille dont chaque mouvement fait ressortir la souplesse.

Mais déjà madame Van Cleef s'était confiée à
mon étreinte et nous valsions. Quelle valse !
Doortje n'est pas Allemande, Dieu merci ! mais,
sous le rapport chorégraphique, elle mériterait
de l'être. Madame Polak entraînée par son époux
rivalisait de grâce avec elle, ayant en plus un
abandon autorisé par les circonstances. On ad-
mirait nos deux couples, mais, comme une
ombre au tableau, Irma la délaissée m'apparaissait à chaque tour, appuyée au bordage. Cette
Néluska blanche ne nous quittait pas des yeux.

Avec une clairvoyance toute féminine, ma danseuse a remarqué cette colère concentrée, sans en deviner la cause, fort heureusement.

— Vous devriez inviter votre compatriote, m'a-t-elle dit.

Ma compatriote! Plût au ciel qu'il n'y eût entre nous d'autres liens que ceux d'une commune patrie! Ah! pourquoi ai-je été si faible! Pourquoi, surtout, ai-je trouvé, nouvel Hercule, le vice et la vertu sur ma route? Pourquoi me faut-il engager une lutte victorieuse mais incommode contre la déesse aux molles draperies de surah mauve? Pourquoi cette pauvre Irma n'a-t-elle pas pris son billet pour le voyage précédent du *Saghalien*, tellement chargé de laiderons, alors, qu'elle aurait pu déguster tout à l'aise une proie non disputée? Pourquoi suis-je en train de devenir amoureux, pour de bon, d'une femme qui ne peut pas être à moi? Pourquoi n'éprouvé-je qu'une froideur mêlée de faibles scrupules à l'endroit de ma belle visiteuse d'avant-hier? Pourquoi? Pourquoi...!

Je ne pouvais, raisonnablement, faire part de ces réflexions à Doortje. Avec une impercep-

tible pression de ma main sur la sienne, je lui
ai répondu :

— Je n'inviterai personne. Après avoir valsé
avec vous, la seule idée de valser avec une
autre m'est odieuse.

Elle a levé sur moi ses grands yeux, toujours
questionneurs, toujours prêts à croire.

— Vous aussi, vous valsez bien, m'a-t-elle
répondu, ne voyant dans mes paroles qu'une
allusion à ses talents chorégraphiques.

J'ignore comment, une heure plus tard, nous
étions seuls, accoudés au bordage, dans un
coin sombre du bateau, de l'autre côté du
rouf des machines. M. et madame Polak
avaient disparu depuis longtemps. Irma s'était
résignée à valser avec des passagers sans
importance. De la place où nous étions, on
distinguait à peine les accords lointains d'un
quadrille. Devant nous, autour de nous, tout
dormait, les hommes du bord dans leurs
hamacs ou sur les planches du pont; les
animaux domestiques dans leurs cages; la
machine elle-même, ce grand animal si rarement endormi, dans son énorme cage encore

toute chaude de la respiration du monstre.

Sur l'autre rive de l'étroite rigole, la plaine immense dormait aussi, étalant à la lumière abondante et jaune de la lune d'Orient son insouciante nudité, trop misérable pour tenter personne. Un chacal, dérangé dans son sommeil par le piano, faisait entendre non loin de nous sa voix glapissante. Je n'oublierai jamais cette étrange nuit.

— A quoi pensez-vous? me demanda Doortje.

Je fus sur le point de lui dire à quoi je pensais. Mais je me sentais aussi timide avec elle que j'avais été hardi, quarante-huit heures plus tôt, avec une autre. Je réussis, par un effort, à donner à mon rêve une direction toute différente de celle qu'il suivait. Aussi bien, quel homme capable de penser peut traverser le canal de Suez sans s'élever en esprit plus haut que le pont du navire qui le porte? Je répondis, oubliant pour une minute les émotions d'un autre genre dont j'étais pénétré :

— Je pense au lieu où nous sommes, à l'œuvre grandiose qui s'est accomplie là. Je pense que jamais la main de l'homme ne fut si

près de la main de Dieu que le jour où elle osa
faire cette retouche à la création même. Je
songe aussi que ces déserts muets, jadis moins
enviés que l'épave abandonnée au balayeur des
rues, seront disputés un jour comme le plus
riche trésor qui ait existé. Un jour, le sol pâle
de ces plaines deviendra tout rouge du sang des
peuples, se ruant l'un sur l'autre pour se fermer ou pour s'ouvrir ce chemin des pays du
soleil. Ici se livreront probablement de terribles batailles. Car, sans les clefs de cette
porte que nous avons franchie ce matin, que
deviennent les plus puissants sceptres du
monde?

Voyant qu'elle se taisait, — de fait, je m'éle-
vais à des considérations peu attrayantes pour
l'esprit d'une femme si simple :

— Et vous? dis-je, quelles sont vos pensées?

— Je me demande, répondit-elle avec
mélancolie, si je repasserai jamais ici. Quand?
Comment? Heureuse ou malheureuse? Encore
jeune ou déjà vieille? Ah! comme je voudrais
savoir!...

— L'avenir? A quoi bon? Il ne saurait être

meilleur pour vous que le présent. Vous êtes heureuse ; on n'a qu'à vous voir pour en être certain.

— Oui, fit-elle, je me sens heureuse, et, précisément, je voudrais savoir si j'ai raison d'éprouver ce bonheur ou si c'est une impression trompeuse. J'abandonne l'avenir à Dieu, qui seul peut le connaître. Mais le présent lui-même est un mystère pour moi. Je marche au hasard ; je ne connais rien, ni ma nouvelle patrie, ni l'existence qui m'y attend, ni la maison où je dois vieillir, mourir peut-être. Rien ne remplace encore les parents, les amis, les lieux que j'ai quittés. Ma pensée est une page blanche : tous les traits anciens sont effacés ; rien de nouveau ne s'y grave et je me demande, comme un jeune oiseau qui tombe du nid en agitant ses pauvres ailes, si c'est le gazon moelleux qui va me recevoir, ou la terre dure sur laquelle on se brise.

Je la voyais fortement émue et quelque peu découragée. Pour la consoler, je lui dis, espérant la faire sourire par cette plaisanterie :

— Enfin, si tant de nouveautés inconnues

15.

vous attendent, vous connaissez du moins votre
mari. C'est déjà quelque chose.

— Hélas! je ne le connais pas plus que le reste,
soupira Doortje.

La surprise dut donner à ma physionomie
une expression parfaitement ridicule, car la
jeune femme ne put s'empêcher de sourire. Je
balbutiai, abasourdi :

— Vous... vous ne connaissez pas votre mari?

— Non, et lui ne me connaît pas davantage.

— Et vous êtes mariée ?

— Il n'y a pas sur la terre une femme plus
mariée que moi.

En même temps, elle posait sur le bordage
une main blanche et potelée où la lune faisait
briller un seul bijou : l'alliance d'or, qui mettait entre moi et cette créature, d'heure en
heure plus aimée, la barrière impossible à franchir loyalement.

Et cependant ce n'était pas la bague sacrée
qui m'empêchait de couvrir de baisers fous
cette main charmante, dont la blancheur semblait s'offrir à moi. C'était, je l'avoue, un autre
obstacle, un autre sentiment qui m'arrêtait.

J'avais peur que cette femme fût folle... ou qu'elle se moquât de moi.

Devina-t-elle ce que cachait mon silence? Elle seule pourrait le dire.

— Gardez pour vous ces confidences, prononça-t-elle avec une lenteur un peu froide. Je vous raconterai mon histoire demain. Il se fait tard; bonsoir, et, s'il vous plaît, montrez-moi mon chemin dans ce labyrinthe.

On entendait toujours le piano sur le gaillard d'arrière. Aussi, peu désireux d'affronter les regards courroucés d'Irma Pellegrin, j'ai fait passer ma compagne par l'escalier des secondes. Et maintenant, seul dans ma cabine, je tâche de retrouver mon sang-froid. Oui, je le sens, j'en suis sûr, Doortje a dit vrai. Cette bouche ne saurait mentir ni plaisanter sur son mari, sur son mariage, sur elle-même. Inexplicable mystère : elle est l'épouse d'un homme qu'elle n'a jamais vu !

Pure et charmante idole de mon rêve, comme je vais t'adorer ! Déjà l'anneau d'or, signe d'un esclavage que je devine aimé par toi, te séparait de mes profanes ardeurs. Mais quel est ce

nuage mystérieux derrière lequel s'efface à
demi ton visage, dont le chaste sourire m'étonnait? Jeune épouse aux virginales ignorances,
que cache ce voile radieux devant lequel je
tombe à genoux? De quelles fleurs mes désirs
muets doivent-ils couronner ta tête blonde?
Ce ne sont pas, s'il faut t'en croire, les roses
épanouies de la beauté triomphante, mais les
lis intacts devant lesquels le regard de l'amour
lui-même doit se baisser!...

O gracieuse fille du Nord, je t'aime sous
l'énigme qui t'enveloppe! Quand saurai-je qui
tu es, qui j'aime en toi?...

— Toc, toc!

Deux coups légers, frappés à ma porte, rap-
pellent sur la terre mon esprit dont le vol
égaré commence à m'effrayer moi-même. Ce
n'est pas le doigt de Kerenflech qui effleure
ainsi mon acajou d'une caresse à peine enten-
due. Ce n'est pas sa veste de marin qui frôle
mon seuil de ces frissonnements de la soie,
plus doux, plus dangereux que l'appel des
sirènes. Irma! Irma! j'avoue que vous ne pouvez rien comprendre à ce qui se passe. Et moi

je comprends une chose; c'est que je deviens
fou et que je cours au-devant du chagrin.

Est-on libre de ne pas aimer? Est-on libre
d'aimer qui vous aime? *Vade retro*, joli démon
aux ailes de surah mauve ! Le guichet est fermé,
mon cœur aussi.

6 juillet.

Une autre journée vient de finir et je ne sais
toujours pas l'histoire de Doortje. Bien plus, je
n'ai pas aperçu de la journée ma trop charmante voisine. On aurait dit que les événements
se sont donné le mot pour me séparer d'elle.

Pour commencer, nous sommes arrivés à
Suez à dix heures. Il m'a fallu, précisément à
l'heure du déjeuner, descendre dans mon canot
pour aller faire mon service à terre. Quand je
suis rentré à bord, madame Van Cleef n'était pas
sur le pont.

Le bateau s'est remis en route, et nous en-
trons dans la mer Rouge, dont l'air brûlant,
chargé de la poussière impalpable du désert,

brûle déjà nos poumons. Nous allons cuire ainsi
pendant quatre jours. Les passagers, menacés
de l'asphyxie, sont étendus languissamment dans
leurs chaises longues en bambou, sur le gaillard
d'arrière. Quelques-uns, plus résistants, pren-
nent plaisir à suivre les ébats d'un superbe
requin, dont le dos noir tranche assez près de
nous sur le sillage écumeux de l'hélice et qui
nous suit comme un chien.

— Mauvais signe! disent les matelots.

Et voilà que la place de madame Van Cleef
reste inoccupée pendant le dîner! Mon Dieu,
serait-elle malade?

Non, grâce au ciel! Madame Polak, dont je ne
suis plus séparé que par une assiette vide, m'apprend que son amie est auprès d'un pauvre
diable de Hollandais, passager des secondes,
qui vient d'être frappé d'insolation. Chère
Doorjte! Quel bon cœur et quel courage! Par
cette chaleur, s'enfermer dans une cabine!

L'occasion est bonne pour percer le mystère
qui me trouble depuis hier. Je fais parler la
belle Sarah qui ne demande pas mieux. J'ap-
prends, [pour commencer, que madame Van

Cleef possède un nombre infini de frères et de
sœurs. Ils sont très pauvres, je m'en doutais.
Mais c'est autre chose qui m'occupe. Je demande
à ma voisine :

— Vous connaissez M. Van Cleef?

— Je ne l'ai jamais vu.

Allons! j'en arrive à croire que je ferai le
tour du monde sans rencontrer un être humain
pouvant me dire ces simples mots :

— J'ai vu M. Van Cleef.

— Mais, continua mon interlocutrice, il s'en
faut qu'il soit un étranger pour nous, car il
dirige une plantation que mon mari possède
auprès d'Anjer, assez loin de Batavia.

Enfin ! je touchais au port. J'allais connaître
l'histoire mystérieuse du ménage Van Cleef. Mais
à ce moment, l'insatiable Polak a dit je ne sais
quoi à l'oreille de sa femme et bientôt ils se
sont éloignés au bras l'un de l'autre.

Quant à Doortje, elle n'a pas reparu. Aux dernières nouvelles, le Hollandais était considéré
comme perdu et sa compatissante infirmière ne
voulait pas quitter son chevet.

Que ne puis-je partager ses terribles fatigues!

La nuit nous apporte à peine une diminution de chaleur appréciable. Tous les passagers masculins et célibataires, à commencer par moi, se préparent à dormir sur le pont. Il en sera de même jusqu'à Singapoor. A quelque chose malheur est bon. Me voilà délivré du diable et de ses embûches.

7 juillet.

Madame Van Cleef a reparu à table, ce matin, pour déjeuner. Pauvre femme! elle semble épuisée, et n'a porté que quelques bouchées à ses lèvres. Je lui ai demandé de ses nouvelles, mais elle m'a répondu en me parlant du malade. Il est perdu. Son agonie est, paraît-il, affreuse à voir. Doortje a passé la nuit à le rafraîchir avec son éventail. Le médecin du bord, craignant d'avoir deux clients à soigner au lieu d'un seul, a obligé la courageuse femme à se retirer.

D'ailleurs il est convenu qu'on gardera le silence le plus rigoureux sur l'événement lu-

gubre qui se prépare, afin de ne point démora-
liser les passagers.

Malgré cette précaution, — il est facile de le
voir à la seule inspection des figures des convives, — tous ces gens savent que nous avons un
moribond parmi nous. J'ai demandé à Doortje :

— Connaissez-vous l'homme que vous avez
soigné ?

— Non ; mais qu'importe ? A cette distance
de la patrie, tous les enfants du même sol se
connaissent.

— C'est vrai, ai-je dit. Mais il faut croire que
madame Polak n'en juge pas comme vous.

— Chut ! a fait l'indulgente créature. Ne parlez pas si haut. Une femme appartient d'abord
à son mari.

O Doortje ! Qu'en savez-vous ?

Le gros Faffe a reçu, dans la matinée, le testament du Hollandais, en sa qualité d'« écrivain
du navire ». Il m'a dit, d'un air mystérieusement ému, que rien, dans sa vie, ne l'a touché
comme le dévouement de cette femme de cœur
pour un inconnu, si ce n'est, peut-être, la
reconnaissance de l'infortuné qui couchera

sans doute cette nuit au fond de la mer Rouge.

— A moins que... ai-je dit en montrant le requin qui continue à faire des grâces à une encâblure de nous.

— Oh ! il n'y a pas de danger, a répondu le commissaire. On prend ses précautions. Tout de même, si ces mâtins-là ne sentent pas la mort, comme le prétendent les matelots, je ne m'appelle plus Faffe. Dix fois dans ma vie, j'ai vu des escortes de ce genre finir de la même façon lugubre.

A quatre heures, le moribond avait cessé de souffrir. Ce soir aura lieu le... l'immersion, dans le plus grand secret, par l'ordre du commandant. Mais je suis de la maison et je veux assister à l'affreuse cérémonie, car je suis sûr que Doortje y sera.

7 juillet, minuit.

Mon Dieu ! que c'est triste ! que le ciel me préserve, moi et ceux que j'aime, de quitter ce monde ainsi !

A neuf heures, le commissaire m'a fait un signe. Je l'ai compris et je l'ai suivi sans rien dire.

A la coupée de bâbord, dans une sorte de vestibule soigneusement interdit aux passagers pour la circonstance, nous nous sommes trouvés réunis, sept ou huit, autour d'un étroit matelas posé à terre sur une planche. Un long paquet de toile grise, terminé par un faisceau de barreaux de chaudières hors d'usage, était étendu sur le matelas, tout au seuil de l'ouverture à deux battants, béante sur la mer.

Trois matelots, l'un portant un falot, les autres les mains vides, attendaient les ordres.

L'assistance se composait du commandant, du commissaire, du médecin, de moi, et de quatre Hollandais, camarades du mort qui, pour rendre les derniers devoirs à leur ami, avaient endossé, recherche touchante, l'habit noir des grandes cérémonies. Une seule femme était présente, Doortje, courageuse et dévouée jusqu'au bout, mais si fatiguée, si pâle !

Personne ne soufflait mot. Le commandant,

à voix presque basse, a donné cet ordre à
l'homme qui portait la lumière :

— Posez votre falot et montez dire à l'officier
de quart qu'il fasse stopper et mettre toute la
barre à tribord.

Une minute après, l'hélice s'est arrêtée et les
poulies des chaînes du gouvernail se sont mises
à crier. Il m'a semblé que la lune décrivait un
quart de cercle et venait se placer, témoin lugubre, en face de l'issue par laquelle cette dé-
pouille humaine allait sortir du monde. C'était
l'énorme navire qui s'effaçait poliment pour
laisser passer le mort.

Le matelot est revenu, la main au bonnet :

— C'est paré, mon commandant.

Alors madame Van Cleef s'est mise à genoux
et a détourné la tête, pour ne pas voir ce qui
allait se passer. Le commandant a fait un signe.
Les deux matelots ont pris la planche, l'ont
mise debout. Le mort semblait s'y cramponner
comme saisi d'horreur à la vue du gouffre béant.
Tout à coup, la masse a glissé, entraînée par
l'énorme poids de la fonte. Un *plouf* sinistre
monte de la surface argentée par la lune.

Doortje a poussé un léger cri, et je lui ai su bon gré de n'être pas plus forte. Je n'ai jamais aimé les phénomènes féminins.

C'était fini. L'hélice a repris sa marche; le *Saghalien* s'est remis dans sa route; l'astre impassible s'est retiré et les quatre Hollandais, les yeux humides, sont venus, avec une émotion vraiment attendrissante, baiser la main de cette compatriote, aussi pauvre qu'eux, obligée, elle aussi, de quitter son pays pour trouver le pain de chaque jour.

Elle a pris mon bras pour regagner sa cabine.

— Femme dévouée, généreuse, compatissante, ai-je dit, très ému moi-même, je vous admire, je vous honore, je vous...

Je me suis arrêté à temps, Dieu sait comment allait finir ma phrase.

— Vous aussi, vous êtes bon, a-t-elle dit.

Et nous nous sommes quittés. Ah! oui, je l'aime!

Avant d'aller dormir, je n'ai pu m'empêcher de jeter les yeux sur la nappe brillante qui s'enfuit derrière nous.

Le requin a disparu.

11 juillet.

Je sais tout depuis cet après-midi.

Arrivé devant Aden au petit jour, et à marée basse, le *Saghalien* n'a pu entrer dans le port qu'à huit heures. La plupart des passagers sont allés déjeuner à *Steamers'Point*, je me demande pourquoi ; car, entre les planches brûlantes du paquebot et le rocher de lave, plus brûlant encore, où se dresse la superbe forteresse anglaise, je ne sais lequel est à choisir.

J'avais retenu, en allant porter mes sacs, une table dans la salle à manger de l'hôtel de l'Univers. J'y ai déjeuné avec les Polak et leur amie. Le repas fini, le jeune ménage est parti pour visiter Aden-Town et les fameuses citernes de Cléopâtre. Les voitures à quatre places étant rares et, d'un autre côté, madame Van Cleef se sentant lasse, — ces derniers événements l'ont éprouvée plus qu'elle ne le croit elle-même, — je suis resté avec elle à l'Univers, à attendre nos compagnons. Tous les passagers descendus à terre étaient partis en excursion. Nous nous trouvions seuls sous la vérandah de l'hôtel, assaillis par une nuée d'Arabes, d'Indiens et de Juifs, marchands de café, de plumes d'autruche et autres produits du cru. Heureusement la maîtresse du logis, intrépide Champenoise aux bras robustes, faisait bonne garde, moins dans notre intérêt que dans celui de ses cuillers et de ses fourchettes.

Il fallait la voir, quand la meute devenait trop familière, décrocher un certain fouet de poste spécialement consacré à cet usage et en cingler les mollets nus des indiscrets. Protégés par ce palladium efficace, nous avons pu causer tout à notre aise, Doortje et moi, au milieu de clic-clacs assourdissants et suivis, de distance en distance, d'un hurlement de douleur et d'une exclamation de triomphe, quand le coup avait porté juste.

Enfin, j'allais pouvoir percer le mystère énervant qui plane sur celle que j'aime et sur sa vie conjugale.

— Hélas ! pensais-je, à quoi bon ! Tous les éclaircissements du monde pourront-ils combler

l'abîme qui nous sépare ? Que puis-je espérer ?
Encore douze jours, et nous nous quitterons
pour ne plus nous revoir jamais en ce monde.
C'est beaucoup, deux semaines, c'est trop,
quand il s'agit d'une Irma Pellegrin. Mais pour
détourner du devoir ce cœur noble et loyal, en
eussé-je la vilaine pensée, la vie la plus longue
serait trop courte !

Et cependant j'ai voulu tout savoir. J'ai rappelé à ma compagne qu'elle m'avait promis
l'histoire de son mariage. Elle ne s'est pas fait
prier. Je crois que je lui inspire une vraie confiance. Avec cette simplicité franche, plus cap-
tivante en elle que tout l'arsenal de la coquetterie chez une autre, elle m'a demandé d'abord :

— Connaissez-vous la Hollande ? Non ? Alors,
vous ignorez peut-être ce qu'on nomme dans
mon pays *le mariage au gant ?*

Je suis trop bon Français pour ne point partager le dédain national envers les lois, mœurs
et coutumes des nations voisines. La seule
chose qu'il nous arrive d'étudier, chez les autres
peuples, c'est le chiffre de leurs impôts et le
nombre de leurs soldats. Nous sommes parfois

battus sur le second de ces deux chiffres; sur
le premier, jamais. C'est un triomphe comme
un autre. Donc, j'avouai que *le mariage au gant*
était d'autant plus un mystère pour moi, que
l'étiquette veut précisément, chez nous autres,
qu'on se marie les mains nues.

J'appris alors que les Hollandais, gens pra-
tiques, ont reconnu dans leurs lois le mariage
à distance, par procuration. Le jeune homme
retenu aux colonies par ses occupations ou sa
pauvreté n'a pas besoin de faire la traversée
d'Europe pour prendre femme. Il donne ses
pouvoirs, par-devant notaire, à un parent, à un
ami qui épouse à sa place, et, toutes les forma-
tités accomplies, sauf la plus délicate, expédie à
son commettant le trésor précieux, mais fragile,
dont il vient dé l'enrichir à jamais. Mon interlocutrice n'a pu m'expliquer d'ailleurs pourquoi
cela s'appelle : *le mariage au gant.*

C'est ainsi que Théodora Maasen avait épousé
Jan Van Cleef par l'entremise de M. Polak,
lequel venait en Hollande procéder à une opé-
ration du même genre pour son propre compte
et sans intermédiaire. Ce mortel audacieux, par

suite de cette circonstance, avait juré fidélité à
deux femmes le même jour, à la même heure et
devant le même magistrat; exemple d'intrépi-
dité rare! Combien d'hommes, en effet, ont
passé leur vie sans avoir le courage d'en faire la
moitié autant!

Toutefois, il n'était pas absolument exact de
dire que Doortje n'avait jamais vu son mari.
Elle avait joué à cache-cache avec l'heureux Jan
lorsqu'elle avait six ans et lui-même un peu
plus. A cette époque, la famille Van Cleef avait
émigré à la suite du père Polak, fondateur de la
maison de Batavia et de la très grande fortune
dont l'époux de Sarah était l'héritier et le con-
tinuateur habile. Jan, devenu son homme de
confiance et associé à ses gains, avait été chargé
par lui de diriger une plantation sur un point
éloigné de l'île. Parvenu à l'âge d'homme, son
cœur avait parlé, sans doute à la façon d'un
bon estomac qui crie, l'heure venue, sans arti-
culer spécialement le nom du plat qu'il réclame.
Alors le jeune affamé avait voulu partir pour
la Hollande où, Dieu merci! les filles à marier
ne manqueront pas de sitôt.

Le chef de la maison ne l'avait pas entendu de cette oreille-là. Quitter la plantation pour plusieurs mois ! C'était tout compromettre et, d'ailleurs, à quoi bon ? M. Polak se connaissait mieux que son commis en femmes, comme en en toute espèce de choses. Il lui conseilla de rester tranquillement à son poste, l'œil au tabac, au café, aux cannes à sucre, et de se distraire, lorsqu'il s'ennuyait trop, en tuant quelques tigres. Quant à la femme, il s'en chargeait; elle viendrait toute seule, ou même il la ramènerait, franche de port et de droits, garantie sur facture, sans que l'heureux mari eût d'autre peine à prendre que de monter d'abord à cheval et d'aller donner une signature chez le fonctionnaire le plus voisin, par-devant témoins.

Voilà ce que j'ai compris par le récit, moins pitoresque je l'avoue, de Doortje qui semble trouver la chose toute simple. J'ai compris également qu'elle a pour le très beau et très riche Polak un culte véritable et surtout une reconnaisance profonde. Elle s'estime la plus heureuse des femmes d'avoir fait, grâce à lui, elle sans avenir et sans fortune, ce mariage inespéré. Elle ne tarit pas d'éloges sur le ménage qu'elle accompagne et qui la comble de bienfaits.

— Grâce à eux, m'a-t-elle dit, je voyage en première classe, comme une grande dame. A tout le monde ils me présentent comme leur amie. C'est la couturière de madame Polak qui a fait les robes que je porte. Hélas! quand mes pauvres sœurs sont venues me dire adieu, elles étaient tout intimidées de me voir si richement mise. Mais j'espère bien les tirer d'affaire. Quand je serai là-bas, je leur chercherai des partis avantageux. Il faut qu'elles aient la même chance que moi.

Je n'ai point laissé voir combien je suis peu ébloui par cette « chance » à laquelle plus d'une mendiante de chez nous préférerait l'aumône demandée de porte en porte sans quitter la patrie. J'ai abordé la question qui me tient le plus au cœur.

— Et vous aimez votre mari? ai-je demandé.

Elle rougit, mais un peu moins que la première fois. Tout en suivant des yeux le travail des Çomalis de corvée qui abattaient la pous-

sière du chemin à grand renfort d'eau de mer
qu'il allaient puiser dans des outres, elle me
répondit :

— J'ai pour Jan un sentiment que je n'ai
jamais éprouvé pour personne. Je pense à lui
sans cesse; je me figure la vie que nous mène-
rons ensemble; la maison où je commanderai;
les domestiques dont je serai la maîtresse; les
enfants qui viendront un jour. Je me sens
heureuse par avance. Il est si bon, si honnête,
si courageux! Vous voyez cette griffe de tigre
montée en or? c'est lui qui l'a arrachée l'année
dernière à la patte d'un énorme monstre qu'il
venait d'abattre. C'est un beau garçon, grand,
robuste, blond, aux yeux bleus superbes...

— Que diable en savez-vous? m'écriai-je,
impatienté du panégyrique. Une enfant de six
ans peut-elle avoir gardé un souvenir tellement
précis? Peut-être, ajoutai-je, après réflexion,
vous a-t-il envoyé sa photographie?

— Non. Mais M. Polak m'a si souvent parlé
de lui! Ensemble ils ont grandi; jamais ils ne se
sont perdus de vue. Mon mari, toujours au
milieu de ses forêts désertes, n'aura aimé per-

16.

sonne avant sa femme, et, parmi les jeunes
mariées d'Europe, citez-m'en une seule qui
puisse se flatter de cet avantage. Pauvre garçon!
il m'attend avec impatience.

— Qu'en savez-vous? répétai-je avec une mauvaise humeur croissante.

Elle répéta cet article unique de son credo
conjugal :

— M. Polak me l'a dit.

Oh! ces Hollandaises! J'aurais battu Doortje
pour son éternel confiance en M. Polak et son
adoration anticipée pour ce mari... qui n'est
pas plus son mari que moi, un peu moins,
même. Car moi, du moins, j'ai valsé avec elle.
Je l'admire, moi. J'en suis amoureux, moi. Je
ne sers pas de pédicure aux tigres, c'est vrai.
Je ne suis ni un colosse, ni un hercule. Mais,
sans le connaître, je voudrais bien voir ce demi-
sauvage à côté de moi. Je voudrais savoir si
une femme de goût...

Telles sont les réflexions auxquelles je me
livrais tout en écoutant Doortje rêver tout haut.
Mais cette fatuité stupide m'a porté malheur.
Juste au même instant, Irma Pellegrin a paru

sous la véranda de l'Univers, chaperonnée par sa sœur, et le spectacle inattendu de mon intimité avec Doortje a semblé la mettre hors d'elle. Ma compagne, en dépit de son inexpérience, a remarqué les regards furibonds d'Irma, ses colloques à voix étouffée avec sa sœur, qui m'a tout l'air d'être sa confidente. Madame Van Cleef m'a demandé, sans y mettre de malice :

— Qu'avez-vous donc fait à cette dame ?

Ce que je lui ai fait !...

— Je crois qu'elle m'en veut, ai-je répondu, parce que j'ai oublié d'expédier une lettre qu'elle m'avait confiée.

La colère va fort bien à cette pauvre Irma. On ne peut nier qu'elle ne soit tout à fait séduisante, et si j'avais la plus faible dose de bon sens, au lieu de poursuivre une vaine chimère, je ferais ma paix avec ce démon fort agréablement palpable. Mon voyage en deviendrait moins triste assurément, moins tragique peut-être... Quand elle me regarde, ses yeux m'effrayent.

Mais je ne peux pas trahir Doortje, car, dût-on se moquer de moi, il me semblerait maintenant que je commets une trahison si j'en

aimais une autre, tant à celle-ci, déjà, mon
cœur s'est donné!

Comment tout cela finira-t-il?

La présence de cette tigresse des Batignolles
a rendu ma conversation avec madame Van
Cleef quelque peu languissante. Heureusement
les Polak n'ont pas tardé à revenir, encombrés
de plumes d'autruches et suivis à peu de distance d'un chameau chargé de moka, un stock
pour leur comptoir de Batavia, ont-ils dit.

— Nous ferons la provision de votre ménage là-dessus, ont-ils ajouté, s'adressant à
Doortje.

Elle a paru enchantée. Hélas! aucune des
tasses de ce café ne sera dégustée par moi. Je
vois d'ici Van Cleef le savourant, tandis que sa
jeune épouse...Non! je ne veux rien voir!

Comme nous revenions au quai, les sœurs
Pellegrin nous ont rejoints. Irma, me prenant
à part, m'a dit :

— Je veux, entendez-vous! je veux que vous
nous rameniez à bord dans votre canot, ma
sœur et moi. Nous avons à causer, monsieur
Duport. Je ne suis ni aveugle ni sotte, et vous

avez tort de croire qu'on peut se moquer de moi impunément.

— Dieu me garde de me moquer de vous ni d'aucune femme! ai-je répondu. Veuillez vous souvenir, d'ailleurs, que je ne me suis jamais permis de vous adresser la parole le premier. Qnant à mon canot, il m'est défendu d'y faire monter personne. J'en ai le plus vif regret.

Je soulevai mon casque en moelle de sureau et je gagnai mon youyou, non sans être salué par Irma, en guise d'épithète, du nom d'un personnage de l'ancien testament avec lequel je ne me croyais pas tant de ressemblance. Plût au ciel, puisque j'ai perdu mon manteau, que j'eusse du moins gardé mon cœur!

. Amoureux d'une femme, poursuivi par une autre, et cela dans un bateau de cent trente mètres de long sur douze de large! Et j'ai connu des gens qui trouvent qu'en pareil cas l'enceinte des murs de Paris n'est pas assez grande!

12 juillet.

Nous venons de passer le cap Guardafui. En
dix minutes, le thermomètre a baissé de dix
degrés. On aurait dit une étuve dont on a subitement ouvert les portes et qu'un courant d'air
frais commence à balayer tout d'un coup.

La plupart des passagers sont même d'avis
qu'il faudrait fermer les fenêtres si la chose
était possible. La mousson s'en donne à cœur
joie ; le *Saghalien* danse sur l'eau comme un
bouchon. Tout au mal de mer ! c'est la devise
du jour. Les trois quarts des hôtes du bord
restent chez eux, à l'exemple de M. Choufleury,
mais pas pour recevoir : au contraire ! Les
dames surtout sont invisibles.

Mon cœur étant aguerri, — pas contre tous
les maux, hélas ! — je reste sur le pont, occupé
à lire dans mon fauteuil de bambou amarré soli-
dement. Polak vient s'asseoir à côté de moi. Sa
femme l'a renvoyé, dit-il. Pauvre Sarah ! faut-il
qu'elle soit malade !

C'est une occasion rare de causer avec cet époux inséparable de sa moitié. De quoi causerons-nous? Ah! vous l'avez deviné déjà : de Doortje. Après une entrée en matière suffisante :

: — Quelles singulières unions vos codes permettent ! commençai-je. Elles doivent mal tourner souvent. Car enfin qu'arrive-t-il quand les conjoints, à la première entrevue, découvrent qu'ils sont mutuellement antipathiques ?

La réponse de Polak m'a attéré! J'en ai encore froid dans le dos. Quels gens brutalement positifs que ces habitants des colonies!

— Monsieur, me dit-il, vous avez lu l'histoire de Robinson et de Vendredi. Je crois me souvenir qu'au premier abord ils ne s'étaient pas plu extrêmement, ce qui ne les empêcha pas de devenir, par la suite, les meilleurs amis du monde. Savez-vous pourquoi? Parce qu'il n'y avait pas de bureau de placement dans leur île. En Europe, si tant de ménages vont à la diable, c'est à cause de la facilité trop grande de la... permutation. Dans ma plantation d'Anjer, où

les blancs sont rares et les blanches encore
plus, Van Cleef et sa femme ont toutes les
chances d'arriver à la vieillesse sans avoir été
tentés une seule fois de manquer à leurs serments. D'ailleurs, avouez que mon commis serait bien difficile, par tous pays, s'il n'était pas
content de la femme que je lui ramène.

— Lui, je ne dis pas. Mais elle ?

— Bah ! elle l'adore déjà, dit mon interlocuteur avec un sourire que je ne lui pardonnerai
jamais. Elle en est folle d'avance. Parions,
monsieur l'agent des postes, qu'elle vous a
ouvert son cœur, car vous paraissez les meilleurs amis du monde.

— Elle m'a dit *que vous lui aviez dit* que son
futur est un homme incomparable, au physique
et au moral : voilà ce que j'ai vu de plus clair
dans ses confidences. Elle aime son mari sur
votre caution, de même qu'elle l'a épousé dans
votre personne. Ah ! monsieur! Si vous aviez
exagéré, si vous aviez flatté le tableau outre
mesure... ce serait horrible !

Je surpris chez cet affreux sceptique le regard
d'un homme très amusé de mes craintes. Un

instant, j'eus peur qu'il ne me répondît à brûle-pourpoint :

— Que diable cela peut-il vous faire ?

Mais, en personnage bien élevé, il a mis la question sur un autre terrain.

— Monsieur, répliqua-t-il, savez-vous que Doortje n'a pas un sou, qu'elle possède une nuée de sœurs, que, restée au pays, le plus beau rêve qu'elle pouvait faire était d'épouser un maître d'école ? Savez-vous que son mari, — jusqu'à présent *in partibus*, — mourra, selon toute apparence, dans la peau d'un millionnaire ? Savez-vous que cette jeune femme, en arrivant là-bas, pourra se donner l'existence d'une reine ? Car je souhaite à vos plus grandes dames un domaine aussi vaste, un pareil luxe de serviteurs, de chevaux, de confortable en tout genre. A tout cela, joignez deux ou trois beaux marmots, — je m'en rapporte à mon régisseur pour ce dernier détail, — et dites-moi ce qui pourra manquer au bonheur de Doortje?

— Ce qui lui manquera? Tout, si le mari n'est pas digne d'elle.

— Oh ! Français que vous êtes ! me dit Polak

en riant. Vous croyez avoir affaire à une de vos
Parisiennes farcies de romans, pour qui le
mal suprême est de perdre de vue les tours de
Notre-Dame. Soyez tranquille, je réponds de
tout, et je me permets de vous dire que madame
Van Cleef n'a pas plus besoin de consolations
avant qu'elle n'en aura besoin après.

M'ayant lancé cette flèche de Parthe, il me
quitta, non sans me laisser au cœur une
blessure plus cuisante qu'il ne le croyait sans
doute lui-même. J'étais malheureux, décou-
ragé, par ce que m'avait dit cet affreux Polak,
comme si, à l'instant, je venais d'apprendre
que Doortje m'a préféré un rival mieux favorisé
de la fortune. Un peu plus, je l'aurais traitée
d'infidèle et d'ingrate. Je lui aurais reproché
ses vues intéressées. J'étais désolé, jaloux,
furieux, et, si Van Cleef avait paru en cet
instant, ce qu'il n'avait garde de faire, je lui
aurais sauté à la gorge en lui criant :

— Misérable ! rends-moi la femme que j'aime
et que ton or m'arrache.

Il faut croire que le gros temps produit des
troubles sérieux sur certains cerveaux.

Au même instant une forme féminine enca-
puchonnée, drapée dans un waterproof, apparut
à l'ouverture de l'escalier des premières. Je
crus reconnaître Doortje, ou plutôt je n'aurais
pas eu l'idée que ce pût être une autre. Existait-
il une autre femme, je ne dis pas sur le *Saghalien*, mais dans l'univers entier ?

Elle hésitait, cramponnée à la balustrade, sa
taille souple ondulant aux balancements impétueux du navire. On voyait qu'elle avait peur de
poser son pied mignon sur les planches ruisse-
lantes d'eau de mer. O joie ! peut-être elle me
cherchait. Étendant la main pour lui fournir un
appui, je me précipitai.

— Quel courage ! Vous n'êtes donc pas malade ! Cette mer démontée, jaillissante, ne vous
fait donc pas peur?

— Une Parisienne n'a peur de rien, monsieur
Duport.

. . . .

Ironie de la destinée ! Une seule femme dans
ce caravansérail flottant était en état de quitter
sa cabine, et c'était Irma !

Le mal était fait. Déjà, sur mon bras moins

assuré, cette sirène insensible à la fureur des
flots avait posé sa main, j'allais dire sa griffe,
Dompté malgré moi, je la conduisis au fauteuil
que M. Polak venait de quitter. Je n'avais pas
même la ressource de souhaiter qu'une lame de
fond vînt la prendre, car, à la façon dont elle se
cramponnait à moi, nous serions allés ensemble
achever dans le lit d'Amphitrite notre aventure
de Port-Saïd. Et cette fois, Kerenflech ne nous
aurait pas dérangés.

—Qu'est-ce qui vous prend d'être tellement
aimable? demanda-t-elle trompée par mon empressement. Vilain homme ! Est-ce ainsi qu'on
traite une femme qui s'est montrée aussi...
gentille ?

Franchement, il n'y avait rien d'exagéré dans
le mot. Je fis appel à toute la ruse de mon caractère,—qui n'a rien de particulièrement rusé.

— On nous épie ! dis-je en baissant la voix
et en louchant du côté du gouvernail, comme si
cette machine goudronnée eût possédé les yeux
d'Argus.

— Vous pouvez parler haut, fit-elle. Personne
ne nous entendra.

Le fait est que les vagues et le vent menaient un bruit assez fort pour couvrir mes secrets si je les avais hurlés dans un porte-voix.

— On nous épie? continua-t-elle assez peu convaincue. Qui donc en a le droit? madame Van Cleef, peut-être?

— Qui en a le droit? repris-je sans avoir l'air de comprendre. Deux cents personnes : le commandant, les officiers, le commissaire, le médecin, les chauffeurs, tout l'équipage. Vous ne connaissez donc pas la sévérité des règlements du bord? Je vous les ferai lire. Vous verrez que... certaines infractions sont punies des peines les plus graves...

— Bah! dit-elle, charbonnier est maître chez soi. Une fois renfermé dans votre cabine...

Je l'interrompis en levant les bras au ciel.

— Vous croyez cela! On voit bien que vous n'avez jamais navigué. Vous serait-il agréable d'être mise aux arrêts, avec un matelot de faction à votre porte, jusqu'au port où vous devez débarquer? Voilà ce qui vous pend à l'oreille, si je vous écoutais. Sans compter que l'on ferait un rapport au ministre et que je perdrais ma place.

— Des bêtises ! Vous voulez me faire poser. Nous nous en sommes tirés la première fois...

— Lacenaire aussi s'en est tiré la première fois. Non, chère amie, vous êtes une charmante fille, mais je dois être sage pour deux, et je le serai, comme il convient à un galant homme.

— Bon, mais quand les passagers sont à terre, ils peuvent... enfreindre le règlement?

— Oh ! alors, c'est différent : liberté complète.

Une vague est venue nous couvrir d'eau; le pont n'était plus tenable. Ma compagne a battu en retraite, non sans m'avoir jeté ces mots, d'une voix très radoucie :

— Nous en recauserons. J'ai mon idée.

Je la devine, son idée. Mais, par toutes les cornes du diable, nous verrons qui sera le plus tenace et le plus fin !

La mer est calme de nouveau. Les passagers ont reparu à table et sur le pont. Je viens d'avoir, pour la première fois depuis cinq jours, — cinq jours perdus! — un entretien avec madame Van Cleef.

Qu'y ai-je gagné, mon Dieu! Elle ne m'a entretenu que de son mari. Plus elle me connaît, plus elle a confiance en moi et plus elle m'ouvre son cœur, sans se douter de la torture qu'elle inflige au mien. Elle a commencé en me parlant de moi, en me disant que j'ai l'air bon, franc, honnête, qu'elle est heureuse de m'avoir rencontré, que je serai toujours un ami pour elle. Puis tout à coup, elle a entamé le sujet de Van Cleef, et alors elle n'a plus tari. Elle m'a raconté des histoires de l'enfance et de la jeunesse de cet être insupportable avec la même onction que s'il se fût agi de Ruyter ou du stathouder Guillaume.

Singulière créature! Mélange de naïf et de sérieux, de romanesque et de terre à terre, d'indifférence pour le sol natal et de tendres souvenirs pour les siens. Elle a une profonde tendresse pour son vieux père, et cependant l'idée qu'elle ne le reverra jamais lui paraît naturelle, comme la mort elle-même. Au beau milieu de notre conversation, elle m'a dit :

— Venez que je vous montre mes poules.

Alors, sous ma protection, elle a gagné

l'avant du navire encombré de matelots et de passagers de quatrième classe. Là, parmi tout un monde d'animaux destinés à fournir le *Sag-halien* de viande fraîche, depuis les bœufs jusqu'aux pigeons, elle m'a montré une cage où deux poules semblaient tenir assez maussade compagnie à un coq de race fort ordinaire.

— Un souvenir de la basse-cour maternelle? ai-je demandé.

— Oui. Pauvre maman! Et puis c'est une si bonne espèce! Ces poules pondent des œufs à foison, pendant dix mois de l'année. Là-bas, je veux multiplier leur progéniture. Il me semblera que je continue à soigner les couvées autour de la chère vieille maison.

— Qu'emportez-vous encore? dis-je, tandis que nous regagnions les parages moins odorants de l'arrière, après avoir émietté du pain aux poules.

— C'est tout. Ah! non. J'ai dans ma malle une bouteille pleine d'eau du puits de chez nous.

— Pourquoi faire?

Une imperceptible rougeur l'a rendue plus charmante encore.

— Ne vous moquez pas de moi. On dit que les Français respectent si peu certaines choses. Avec cette eau sera baptisé mon premier enfant.

Me moquer d'elle! Je lui aurais baisé les mains s'il se fût agi d'une question moins personnelle à Van Cleef. Lancée en si beau chemin, elle a continué en comptant les jours sur ses doigts, comme une écolière qui soupire après les vacances. Deux jours d'ici à Ceylan; vingt-quatre heures de relâche; puis cinq jours jusqu'à Singapoor. Là, nous trouvons Van Cleef attendant sa femme.

— Cher Jan! Quel bonheur!

Comme je marquais un empressement médiocre à m'unir à sa joie en face de cette perspective :

— Vous n'êtes pas mon ami! s'est-elle écriée. Ne comprenez-vous donc pas que j'attends ce jour depuis deux mois, que je ne songe pas à autre chose!

Avec une cruauté que je me reproche à cette heure, je lui ai dit :

— Et s'il ne vous plaît pas, votre Jan?

17.

Elle a ri, comme si j'avais émis l'idée que Ceylan pût avoir changé de place.　.

— Je veux que vous fassiez sa connaissance et qu'il vous plaise aussi, a-t-elle ajouté.

— Jamais!

Cette véhémente interjection qui m'a échappé l'a rendue fort surprise. Elle m'a regardé, presque irritée d'abord, puis un peu troublée et bientôt confuse. Sans doute, à cette minute, elle a deviné mon secret.

Nous avons senti, des deux côtés, que l'entretien était fini, et nous nous sommes séparés, sans essayer de le reprendre.

18 juillet.

Doortje m'en voulait, c'est évident, de mon *jamais!* d'avant-hier, et, sa froideur m'étant insupportable, je viens de faire la paix avec elle. J'ai déclaré que Van Cleef est le plus beau, le plus intelligent, le meilleur et le plus fidèle des hommes.

— Hélas! il en est surtout le plus heureux! ai-je dit en regardant Doortje.

Elle a rougi; mais c'est plutôt, je pense, de plaisir que de modestie. En la louant, je fais honneur à son mari. Elle éprouverait le même contentement de m'entendre dire que son Jan possède le plus beau cheval qui soit dans les colonies, ou le plus beau diamant, ou la plantation la plus vaste, ou la demeure la plus confortable. Faites donc la cour à une femme dans ces conditions! Démolissez donc un mari impalpable, invisible, inconnu!

Ce Van Cleef ressemble à ces casemates construites d'après le nouveau système, qui ne laissent voir à l'ennemi que le bout d'un paratonnerre où flotte un drapeau, et défient toutes les artilleries du monde.

Les Polak désirent profiter de notre relâche à Ceylan pour descendre à terre. Irma, la trop gênante Irma, caresse un projet analogue. Elle m'a surpris ce matin, de bonne heure, tandis que je prenais mon chocolat sur un coin de l'immense table. Elle s'est installée à côté de moi. Nous étions seuls.

— Je vais vous demander une chose, m'a-t-elle dit, et je n'admets pas que vous me la refusiez. Je désire visiter Colombo avec vous. On dit que c'est superbe. J'ai pris mes renseignements; nous nous retrouverons au Grand-Hôtel; nous y déjeunerons; nous irons nous promener dans la campagne...

— C'est plein de tigres, ai-je objecté.

— Nous serons en voiture, a répondu cette Batignollaise étonnante. Si nous faisons une mauvaise rencontre, tant pis pour le cocher! Le soir j'organiserai peut-être un concert à mon bénéfice et, — son regard devint tendre, — nous ne rentrerons à bord que le lendemain.

Comme je paraissais perplexe, elle insista, les sourcils froncés.

— Ne dites pas non, monsieur Duport, vous vous en repentiriez, foi d'Irma! Après toutes les avances que je vous ai faites...

Le gros Faffe s'est approché, voulant déjeuner, lui aussi. Excellent homme, mais enragé collectionneur des potins du bord. J'ai fait signe à ma voisine de se taire. Je lui ai murmuré tout bas :

— C'est bien. A demain, au Grand-Hôtel. Silence !

Tous les matins, je déjeune avec Faffe. Cet original arrive au coup de sept heures, encore vêtu de sa mauresque, les pieds nus dans ses pantoufles chinoises. Il s'assied, et pose à côté de lui un numéro du *Temps* encore serré dans sa bande, comme s'il venait de le recevoir des mains du facteur. Puis tandis que le contenu de sa tasse refroidit, il ouvre le journal avec une lenteur voluptueuse, parcourt les dépêches de la quatrième page et m'en fait fait part.

— Quatorze voix de majorité ! Le ministère l'a échappé belle.

Ou bien :

— Ah ! enfin ! On vient de prendre l'auteur du meurtre de la semaine passée. Pour une fois, la police a fait preuve d'intelligence.

Toute la journée, le brave commissaire savoure son cher *Temps*. Le lendemain, il passe aux amateurs le numéro de la veille qui, achevant le tour du bateau, se retrouve, à la fin de la semaine, dans les mains des chauffeurs à fond de cale.

En voyant ainsi chaque matin surgir un journal sous bande à cinq cents lieues de toute terre

habitée, j'avais cru d'abord à quelque magie.
Mais Faffe m'a fait connaître son maléfice qui
est des plus simples. Abonné au *Temps*, il ne
l'ouvre jamais à terre et laisse les exemplaires
intacts s'accumuler, tels que le courrier les
apporte. Quand le moment du départ est venu,
il emporte la collection à bord et s'en fait lui-
même la distribution quotidienne par ordre de
date.

— Il n'y a pas de journal plus rapidement
informé que le mien, déclare-t-il d'un air profond. Et ils vous ont des correspondances !...

Ce matin, au lieu d'écouter les nouvelles de
la *première* de cette nuit au Vaudeville (système Faffe), j'ai questionné mon homme sur
Ceylan où nous serons demain.

— Si vous êtes curieux des belles choses,
m'a-t-il répondu, vous devriez aller voir Kandy,
la capitale de l'île. Vous aurez le temps, car
nous relâcherons pendant vingt-quatre heures
pleines.

J'ai complété mes informations, et, dans la
journée, j'ai conféré mystérieusement avec les
Polak et madame Van Cleef.

Je connais quelqu'un qui ne va pas rire demain, au Grand-Hôtel de Colombo.

Kandy (Ceylan), 19 juillet.

Ce matin, de bonne heure, j'ai gagné le quai de Colombo dans mon canot, pour remettre mes sacs au *Post-Office*. Irma, déjà sous les armes, me guettait. Elle m'a dit, comme je passais devant elle, une petite valise à la main :

— A tout à l'heure, au Grand Hôtel.

— A tout à l'heure, ai-je répondu en baissant les yeux pour ne rien laisser voir de ma fourberie.

A dix heures j'étais à la gare, attendant mes Hollandais. J'avais pris d'avance quatre billets pour Kandy et marqué nos places dans un compartiment de première classe. Quelques minutes avant le départ, mes trois compagnons de route sont arrivés; le train s'est mis en route, et, comme il n'y en a pas d'autre avant le soir, je me suis senti tranquille du côté d'Irma, au moins pour la journée.

. Hélas! Elles sont passées, ces heures inoubliables. J'ai peur que ma main tremblante ne soit incapable d'en écrire le récit.

Amoureux qui revenez de Meudon le soir, enthousiasmés, enivrés, débordant de poésie pour avoir parcouru, au bras de la bien-aimée, des taillis semés de papiers graisseux ou des prairies encombrées de couples, que diriez-vous à ma place! Doortje à moi seul dans les forêts embaumées de Ceylan! cette rose à l'odeur pure et délicate, respirée sous le ciel de feu des Indes! cette fleur de l'amour idéal s'entr'ouvrant à son insu, — malgré elle, — aux baisers d'un soleil qui distille des poisons et des ivresses également redoutables!...

Ah! quelle journée! Quel livre je ferais, sans parler de Doortje, en décrivant les merveilles de cette nature! Quel poème j'écrirais en ne parlant que de Doortje!

Elle ne m'aime pas; elle me l'a dit; elle me l'a répété; et pourtant!... Plus d'une fois j'ai vu sa poitrine se gonfler et ses narines frémir. Plus d'une fois j'ai senti sa main trembler sur mon bras, quand la brise molle et brûlante

faisait courir sous les ogives élancées des coco-
tiers le parfum violent des cannelles fleuries.

Nous étions ivres tous les quatre, positivement. Sarah, superbe dans son éclatante beauté,
les joues en feu, les yeux lançant des éclairs,
les lèvres entr'ouvertes, se pressait contre son
légitime et heureux compagnon. Celui-ci, habitué de longue date aux splendeurs de la nature
tropicale, réservait toute son attention pour sa
compagne. C'est un homme qui en est pour le
positif, je l'ai dit.

Quant à Doortje, légèrement pâle et visible-
ment alanguie, tantôt elle s'appuyait sur moi
dans un abandon délicieux, tantôt elle faisait à
peine sentir à mon bras le bout de ses doigts
effilés. Je lui rendrai cette justice qu'elle ne
me parlait plus de l'odieux Van Cleef. Était-ce
à lui qu'elle pensait? Conservait-elle au sein de
cette ivresse inconnue la force de penser à
quelque chose?

Nous nous étions assis, en attendant l'heure
du dîner, sous les arbres qui couvrent de leur
magnifique dôme de verdure fleurie la chaussée
du barrage de Kandy. Nous avions en face de

nous la nappe d'eau qui prenait des teintes
cuivrées sous la réverbération du ciel, et d'où
sortait, à quelques centaines de mètres, la
petite île carrée, ceinte de son entourage en
pierre et tout empanachée de végétaux luxu-
riants. A côté de nous grouillait une popula-
tion bizarre qu'on aurait crue composée de
figurants d'opéra. Hommes à la chair de bronze,
presque nus, portant des fruits mystérieux dans
des paniers suspendus à chaque extrémité d'une
tige pliante ; jeunes Cynghalaises, belles comme
des statues dans leurs draperies blanches,
chargées de bracelets au poignet et à la che-
ville, de bagues aux mains et aux pieds, l'aile
du nez traversée d'un clou d'argent qui donne
à la physionomie je ne sais quelles promesses
de voluptés étranges. De petites charrettes passaient, traînées par des vaches microscopiques,
au trot saccadé. Et tandis que des bonzes défi-
laient rapidement, la tête rasée, se dirigeant
vers les temples dont nous apercevions les
lourdes façades couvertes de sculptures, un
éléphant énorme, conduit par son cornac, prenait un bain presque à nos pieds, prolongeant

ses ablutions avec des raffinements de sybarite.

Devant nous s'ouvrait un monde que nous n'avions jamais pressenti, jamais rêvé. Le crayon de l'artiste et le récit du voyageur sont également impuissants, quand il s'agit de la terre magique des Indes, à produire, par leurs révélations anticipées, ces avortements de l'admiration pour lesquels, ailleurs, je les ai si souvent maudits. Nous nous sentions appelés, enveloppés, envahis par tout ce qui force à aimer, par tout ce qui rend heureux de vivre : la lumière, la couleur, les parfums et cette haleine du sol qui fait monter aux tempes un battement douloureux. Jamais plus, jusqu'à ma mort, il ne me sera donné de connaître une soirée semblable. Elle eût dépassé les bornes de l'humain, si la vue de cet autre couple qui causait à voix basse non loin de nous, épaule contre épaule, ne m'eût rappelé que tout me manquait, puisque Doortje appartient à un autre.

A cet instant, vaincue par l'enthousiasme qui transfigurait même cette nature douce et tranquille, ma compagne s'écria :

— Mon Dieu! que c'est beau!

— Oui, c'est beau pour vous! répondis-je, laissant déborder follement l'amertume de ma pensée. Combien de fois, heureuse créature, contemplerez-vous, appuyée sur un autre homme, ce spectacle merveilleux! Mais, lui, saura-t-il apprécier son bonheur? Saura-t-il vous dire tout ce qu'il me faut taire en ce moment : que ces beautés ne sont rien sans vous; qu'aucun paradis ne vaut le coin de terre où vous respirez; aucune fleur celle de vos lèvres, et qu'on donnerait sa vie avec joie pour un regard de vos yeux!

J'étais trop bien parti pour m'arrêter en si beau chemin. Quant à Doortje, si elle me laissa parler, que les esprits sévères ne se hâtent point de l'estimer trop peu sévère. Que les séducteurs de profession n'admirent point mon éloquence. En toute sincérité, je suis convaincu qu'on m'aurait mis à la porte si j'avais débité mon compliment dans un salon, au troisième sur la cour, à l'ombre d'un palmier acheté sept francs cinquante, place de la Madeleine. Il faut être bien peu avisé pour nier l'influence

des milieux. D'ailleurs, j'étais habile. Ce n'était
pas moi qui parlais, puisque je mettais toutes
ces belles choses dans la bouche de Van Cleef.
J'agissais, moi aussi, par procuration et, si le
mari s'était montré subitement, complication
peu probable, il m'aurait dû des remerciements
pour la poésie que je dépensais à l'actif de son
compte.

— N'est-ce pas, disais-je, que vous ne con-
naissiez pas avant cette minute le bonheur de
vivre, d'aimer, d'être jeune? Aviez-vous soupçonné la douceur divine de cet attendrissement
qui vous pénètre en face de ces merveilles?
Écoutez la voix qui vous promet des centaines,
des milliers d'heures semblables à l'heure présente; que dis-je! infiniment plus délicieuses
encore! O Doortje! quel rêve! toute une existence à passer, la main dans votre main, assez
près de votre cœur pour le sentir battre.

J'avais pris sa main, toujours par procuration. Respectueux malgré tout, je ne sentais
pas précisément son cœur battre, mais, du
moins, je voyais s'agiter, comme un nid balancé
par le zéphyr, l'abri charmant derrière lequel

s'éveillait peu à peu ce jeune inconnu. Doortje
écoutait, comme engourdie. Elle entendait une
voix, mais elle ignorait, selon toute apparence,
que cette voix fût la mienne. L'ignorait-t-elle
en vérité? Qui me le dira? Pour le savoir, je
donnerais dix ans de ma vie!

Je crois, Dieu me pardonne! que nous serions
encore sur notre banc de verdure si Polak, cet
être matériel, ne s'était avisé d'avoir faim. Il
s'approcha de nous; je quittai doucement la
main de ma compagne; elle parut redescendre
sur la terre.

— Il est temps de rentrer à l'hôtel, prononça
l'époux de la belle Sarah. Le dîner doit être
servi. Monsieur Duport, préparez-vous à faire
connaisance avec le véritable *curry* à l'indienne.
On ne le fait nulle part au monde comme à Kandy.

Et maintenant me voici seul dans ma chambre. Je vais essayer de dormir. Regrets cui-
sants! Rêves dangereux! Ce voile de gaze qui
me défend des moustiques saura-t-il également
me protéger contre vos atteintes!

20 juillet.

La grande île s'éloigne. A peine si les sommets élevés du pic d'Adam restent visibles.
Adieu! vallons enivrants! Vous ne verrez plus
jamais, jamais, la charmante Doortje contempler, la main dans la mienne, vos beautés en-
chanteresses! Dans quelques semaines, j'abor-
derai de nouveau sur ces côtes sans rivales.
Mais je serai seul... Ah! certes, je ne retour-
nerai pas à Kandy!...

Je ne sais pourquoi notre retour au *Sagha-*
lien, opéré de bon matin, a été lugubre.
Madame Polak, fatiguée, dormait dans le
wagon. Doortje, les sourcils froncés, contem-
plait d'un œil distrait les curiosités de la route,
les passages pittoresques taillés dans la montagne, et ces chefs de gare singuliers dont l'uniforme se compose d'une draperie légère nouée
autour du torse. Elle semblait chercher quelque chose dans son esprit, comme la réponse à
une question difficile à résoudre. Pas une seule

fois elle ne m'a regardé. Polak, lui, me regardait beaucoup; puis il reportait les yeux sur la femme de son employé de confiance. Il n'avait pas l'air content. Craint-il que le dépôt dont il est chargé n'arrive pas intact aux mains du destinataire? Craintes superflues! Dans cinq jours, nous serons à Singapoor, et je vois déjà Van Cleef triomphant s'avancer à la rencontre de sa femme...

A Colombo, sur le ponton d'embarquement, j'ai trouvé Kerenflech qui m'attendait, avec son honnète visage perpétuellement épanoui. J'ai couru prendre mes dépêches, et mon canot n'était pas encore hissé à son porte-manteau que, déjà, les treuils du *Saghalien* fonctionnaient pour l'appareillage.

Durant l'après-midi, tandis que j'errais sur le pont pour me rapprocher de Doortje, — elle feint de ne pas me voir, — je me suis heurté au spectre vengeur d'Irma qui me cherchait. Elle a commencé une scène, se plaignant de m'avoir attendu la moitié de la journée au Grand-Hôtel de Colombo, tandis que je courais l'île en compagnie de « ma dulcinée ».

Elle s'adressait bien, mademoiselle Irma !
Aussi, je l'ai reçue de la belle façon.

— Ah ! c'est ainsi ! m'a-t-elle répondu. Eh
bien ! vous verrez. Je sais tout, maintenant.
Vous pouvez comptez sur moi pour informer
ce benêt de Van Cleef des obligations qu'il
vous a.

— Je me moque de vous et de vos mensonges, ai-je répondu, et, s'il vous plaît, ne
m'adressez plus la parole.

N'importe. C'est un assez gros point noir à
l'horizon, d'autant plus qu'il se présente une
complication terrible. A Singapoor, les sœurs
Pellegrin rejoignent leurs camarades, et toute
la troupe se rend à Batavia, sur le même bateau que les Polak et les Van Cleef. Dieu sait ce
qui va se passer, quelles calomnies seront in-
ventées !

Quant à Doortje, il me paraît certain que je
n'aurai plus l'occasion de lui adresser trois
mots seul à seul. Non seulement elle me tient
à distance, mais je crois voir que Polak nous
surveille. Allons ! le rêve est fini. Mais, un peu
plus tôt, un peu plus tard, il devait s'évanouir.

18

Une pensée heureuse éclaire mon chagrin : si elle me fuit, c'est qu'elle sait que je l'aime.

29 juillet.

Grand Dieu! Quelle nuit! Quelle terreur, puis quelle joie ! Et maintenant quelle torture !

Un peu avant minuit, je lisais dans ma cabine. On a frappé doucement à ma porte. J'ai cru d'abord à un retour offensif d'Irma et, prudemment, j'ai demandé à voix basse :

— Qui est là?

— Ouvrez; c'est le commandant, a dit une voix connue. Ne faites pas de bruit.

Le commandant chez moi, à cette heure avancée ! Que se passait-il?

J'ai ouvert ma porte et j'ai aperçu le vieux marin debout sur le seuil, très pâle. Sans entrer, il a prononcé tout bas ces paroles terribles :

— Nous avons le feu à bord. Préparez les sacs de valeurs recommandées pour en faire le sauvetage au dernier moment, si le sauvetage est possible. Kerenflech est prévenu et vous transmettra les ordres l'heure venue.

Je ne pensais guère, je l'avoue, à mes dépêches. J'ai demandé, le sang glacé dans mes veines :

— Et les passagers?

Je n'osais pas dire : « Et Doortje? »

Le commandant me répondit avec le calme admirable de se.. pareils en face du danger :

— Ils dorment, Dieu merci! On les éveillera, s'il y a lieu, quand on sera fixé sur l'emplacement et la gravité de l'incendie. Mes officiers fouillent le bateau de l'avant à l'arrière sans pouvoir découvrir ce qui brûle. Je retourne près d'eux. Faites vos préparatifs et gardez votre sang-froid. Nous sauverons les personnes, si nous avons un peu de chance. Le bateau est en fer et peut se défendre pendant que nous nous mettrons à la côte, qui n'est qu'à quarante lieues.

Il s'éloigna pour donner d'autres ordres, et moi je sortis dans le couloir immense où s'ouvrent les portes des cabines. Ma résolution était prise. Toutes les lois, toutes les forces,

toutes les volontés du monde ne m'empêche-
raient pas d'embarquer Doortje dans le canot
de la poste en même temps que les « valeurs ». Y a-t-il sur le *Saghalien*, dans le
monde entier, une valeur plus précieuse ?

Dans la partie centrale du navire, une fumée
grise, étrangement aromatique, suffocante,
obscurcissait déjà la lumière des fanaux de
veille. Elle paraissait venir de l'avant; mais
pour moi, la question n'était pas de découvrir
le foyer de l'incendie. A la porte de madame
Van Cleef, je frappai doucement. Sans doute,
elle ne dormait pas, car elle répondit presque
aussitôt :

—Qui vient là?

— Moi, Louis Duport. Êtes-vous encore
habillée?

— Oui.

— Dieu soit loué ! Alors, sur votre vie, sortez
de votre cabine sans faire de bruit. Nous cou-
rons un danger terrible.

Elle ouvrit la porte, aperçut le nuage de
fumée qui gagnait de plus en plus, et d'une voix
étranglée :

— Le feu ! s'écria-t-elle.

Puis elle tomba dans mes bras, évanouie.

Je n'avais pas le loisir de me consulter longuement. Pour suivre le plan que j'avais formé, il fallait avoir la personne de Doortje à ma disposition. Je l'emportai dans ma cabine et l'étendis sur mon divan. Puis, debout derrière ma porte, l'œil sur la jeune femme toujours inanimée, prêtant l'oreille aux bruits qui commençaient à s'élever de toute part, j'attendis Kerenflech. Je n'essayerai pas de prétendre qu'à cette minute, je n'étais pas glacé d'une terreur effroyable. Mais la crainte pour ma vie ne venait qu'en second lieu, j'ai la joie de le dire. Et cependant, avec ou sans amour, seul ou avec l'être aimé, c'est une chose épouvantable de songer qu'on va probablement mourir ; j'en préviens ceux qui disent chaque soir à l'ange de leurs rêves : « Je donnerais ma vie pour vous ! »

Ma compagne s'agita et ouvrit les yeux.

— Où suis-je ? fit-elle.

Aussitôt le souvenir lui revenant :

— Est-ce que nous sommes perdus ? Pourquoi suis-je avec vous, seule ?

18.

— Parce que, si j'ai le bonheur de sauver un seul des êtres que porte ce bateau, je vous jure que ce sera vous !

Elle me regardait, un peu égarée par l'épouvante. Elle répéta, comme si elle ne comprenait pas bien :

— Pourquoi moi? Pourquoi moi?

Nos regards se rencontrèrent. J'atteste le ciel que, pendant trois secondes, j'oubliai ce vaisseau qui brûlait sous nos pieds, la terreur double de cette mort par le feu et par l'eau, guettant nos corps au milieu de la mer, au milieu de la nuit toute noire. Je bondis jusqu'à cette proie que j'allais lui disputer; je m'agenouillai; je pris la tête de Doortje, mes lèvres touchèrent les siennes. J'ai dû lui dire : « Je vous aime! » Toutefois je ne réponds pas que mes lèvres ont articulé un son. Je suis certain, en revanche, qu'elle ne m'a rien répondu. Mais, à l'heure où j'écris, une chose me console : jamais, jamais Van Cleef, cet homme fût-il beau comme un dieu, ne verra dans les admirables yeux de sa femme l'éclair que j'y ai vu cette nuit.

Éclair d'amour éveillé subitement ou de
reconnaissance pour l'espoir de salut apporté...? Mon Dieu! je n'ose écrire ma pensée.
Quoi qu'il en soit, j'ai senti l'enthousiasme qui
grise, l'heure venue, ceux qui étonnent le monde
par le courage de leur mort. J'ai vu l'éclair. Va,
Doortje, personne ne te donnera ce que je t'ai
donné cette nuit!

Ce fut un éclair seulement. Il s'agissait de
tâcher de vivre et de faire vivre celle que j'aime.
Je m'arrachai d'auprès d'elle et je sortis pour
aller aux nouvelles, fermant la porte à clef. Oh!
rentrer dans cette chambre, le moment fatal
venu, et ne plus y trouver Doortje!...

Quand je rentrai dans ma cabine, j'apportais
avec moi l'une des plus grandes joies, — ne
faut-il pas dire la plus grande? — qui puisse
dilater le cœur de l'être humain; nous étions
assurés de vivre! Je trouvai Doortje prosternée,
priant avec ferveur.

— Il n'y a aucun danger! m'écriai-je. Il n'y
en a jamais eu. Singulière aventure! Ah! quels
moments nous venons de passer!

De nouveau j'allais la prendre dans mes bras.

— De grâce! fit-elle, me repoussant de ses mains étendues. Ma vie, si je la conserve, est à un autre.

Je ne pus retenir cette plainte sacrilège :

— Ah! pourquoi notre angoisse n'a-t-elle pas été plus longue, alors! Quand nous nous attendions à mourir je vous sentais presque à moi.

Toujours prosternée, elle me regardait moitié suppliante, moitié victorieuse. Qu'elle était loin des habiles tergiversations de la coquetterie qui se refuse pour se laisser prendre! Plus je sentais son cœur venir à moi, plus je sentais sa conscience élever entre nous une inviolable barrière.

— C'est moi que vous aimez, lui dis-je presque à voix basse, pour que son cœur seul pût m'entendre. Vous voyez bien que c'est moi!

Alors elle se leva sans répondre et se dirigea vers la porte. Je n'avais pas fait un mouvement pour la retenir, mais je répétais, en élevant la voix à mesure que cette créature adorée s'éloignait :

— C'est moi! C'est moi! C'est moi!

La main sur la serrure, elle se retourna, et je vis sur son visage une expression si douloureuse que je me repentis d'avoir parlé.

— Mon Dieu, gémit-elle. Oh! mon Dieu!...

Elle a disparu. J'espère qu'au milieu du tumulte encore mal apaisé elle n'aura pas été remarquée. Le navire paraît peuplé de passagers fous. On crie, on s'anime, on rit de la frayeur à peine dissipée; les intrépides après coup jurent qu'ils n'ont jamais eu peur.

Ce n'était pas notre bateau qui brûlait, c'était, a expliqué le commandant, une forêt immense incendiée par les naturels du pays à cent cinquante kilomètres de nous, sur la côte de la presqu'île de Malacca. Depuis quelques jours, sans doute, la lourde et lente brise de l'équateur couche sur la mer le nuage de fumée que nous avons traversé cette nuit. Des centaines de corps humains grillent là-bas, peut-être. Qu'importe, puisqu'aucun de nous n'a ressenti la moindre brûlure! Oh! la grande fraternité humaine, quel beau mot!

Tout le monde m'a plaisanté sur ma mine lugubre; on me traite de poltron. Oh! oui,

j'ai peur, peur de ce qui m'attend à Singapoor
où nous serons après-demain. C'est là que je
vais dire adieu à Doortje!...

25 juin.

Elle n'a pas reparu; je suis sûr que je ne la
reverrai plus jamais. Elle ne quitte pas son
amie, madame Polak, sérieusement souffrante,
à ce qu'il paraît. Le médecin visite plusieurs
fois par jour la belle Sarah et, d'après les rares
paroles du mari, très renfrogné à mon égard,
je crois comprendre que les émotions de la nuit
ont apporté à la jeune femme une secousse
fâcheuse.

Je ne verrai plus Doortje! Demain soir, à
cette heure, elle sera perdue à jamais pour moi!
Demain soir elle sera la femme de Van Cleef...
non plus par procuration seulement. Demain
soir elle saura si c'est lui qu'elle aime ou moi!
Hélas! que m'importe! les baisers du jeune
époux auront bientôt fait de me prendre le peu
que j'avais d'elle!

Et s'il en était autrement! si l'homme aimé, c'était moi! si, dans son cœur, il restait un regret pour l'inconnu rencontré par hasard, qui l'a tant aimée, qui l'aime tant! je n'aurais pas même la triste joie de le savoir. Aux deux extrémités du monde, séparés par la destinée, nous vivrons de nos souvenirs. Je ne saurai jamais si elle a péri sur cette terre dangereuse, victime de la fièvre, du climat, d'une attaque de sauvages ou de la dent d'une bête féroce; et, si je succombe le premier, si mon corps cousu dans une toile à voile glisse au fond de quelque mer lointaine, jamais, jamais elle ne le saura, pour m'envoyer un souvenir, une prière!

Adieu, pauvre Doortje!

Nous serons à Singapoor dans la matinée de demain. Le jour suivant le bateau de Java lèvera l'ancre, emportant ces sacs de dépêches que je viens de préparer, — et Doortje avec son mari. Quant aux Polak, ils restent à l'hôtel de Singapoor, sur le conseil du médecin qui craint pour la jeune femme de nouvelles fatigues avant plusieurs semaines.

Le *Saghalien*, lui aussi, a besoin de deux

jours de repos. La machine a subi je ne sais
quelle avarie. J'y gagnerai, — triste gain! —
de voir partir Doortje. Ironie du sort! elle aura
pour compagne de voyage la farouche Irma, et
je continuerai seul ma route vers la Chine.

Farouche! En écrivant ce mot, je ne puis
m'empêcher de sourire. Le fait est que, depuis
Ceylan, cette noble demoiselle ne daigne pas
s'apercevoir que j'existe, et promène sur le
pont ses grands airs d'impératrice offensée.
Pardonnez-moi, pauvre Irma! vous êtes assez
vengée. Et, d'ailleurs, sommes-nous autre
chose que des misérables fétus de paille, sur
lesquels souffle le vent capricieux de notre
destin? Il faudra bien que je pardonne à Van
Cleef, moi! Oubliez le *Saghalien*, fille insouciante et légère, et plaignez celui qui se sou-
viendra trop.

Mon Dieu! Quelle journée que celle qui se
prépare pour demain!

Singapoor, hôtel de l'Europe, 26 juillet.
Dix heures du soir.

Ah! oui, quelle journée!

A peine le *Saghalien* touchait-il au quai, à peine le pont volant était-il en place, qu'un être commun, grossier, aux yeux de faïence bleu pâle, aux cheveux de filasse, dont une veste de coutil blanc portée à même la peau faisait ressortir les mains peu lavées, s'est précipité sur le pont, demandant madame Van Cleef. On lui a donné le numéro de la cabine, et il a disparu dans la cohue. Quant à moi, comme si cette heure n'était pas la plus cruelle de ma vie, je suis allé voiturer mes sacs à la poste. Le service avant tout!

Ainsi ce personnage vulgaire, à la voix rauque, aux allures de portefaix, ce rustre, qui n'est pas même beau, sera le mari de Doortje! Que dis-je! il l'est, ils sont mariés; cet ange lui appartient et, tandis que j'écris ces lignes...! Non, ma plume se refuse à traduire la pensée qui fait bondir mon cœur.

19

Et je n'ai pas revu Doortje! En vain j'ai pris une chambre à l'hôtel où ils sont tous, pour avoir le droit de la guetter sur l'escalier, dans les corridors. Rien! Elle n'a pas quitté l'appartement où l'on a transporté son amie souffrante. Ils y sont enfermés tous les quatre. Ils y ont dîné. Voilà tout ce qu'on a pu me dire.

A table d'hôte j'ai retrouvé Irma, qui m'a lancé des regards de menace et de triomphe. Elle paraissait fort satisfaite de la considération marquée dont elle est l'objet de la part de ses camarades dont elle est l'étoile. L'un d'eux, le ténor sans doute, lui fait déjà la cour. Il a parlé longuement de sa tournée en Russie avec madame J***, « cette autre diva célèbre », de leurs communs succès, des soupers que les grands-ducs (?) offraient à l'étourdissante Parisienne et où lui même était invité (?).

Irma, la narine frémissante, écoute ces récits pompeux. Ainsi, au début de sa gloire, César devait écouter les exploits d'Alexandre. Ses yeux, chargés d'un écrasant dédain, mesurent la distance qui la sépare d'un misérable agent des postes condamné à vivre et à mourir sans

que l'héritier du moindre trône le prie à
souper.

Ah! si elle savait tout! Comme elle triomphe-
rait plus encore! Comme elle se sentirait bien
vengée! Soirée terrible! J'étouffe dans cette
chambre où je me suis renfermé pour n'entendre aucun bruit, pour ne voir aucune face
humaine, pour veiller le souvenir de celle qui
fut un peu *ma* Doortje, de même qu'on veille
le cadavre encore chaud d'une morte bien-
aimée.

Mais je ne peux pas rester dans cette four-
naise de quarante degrés ; je tomberais évanoui;
je mourrais, je le sens; et je ne veux pas mourir avant demain, avant de l'avoir revue, car il
faudra bien que mes yeux l'aperçoivent une
dernière fois, la nouvelle épousée, toute rose
encore des baisers reçus.

J'assisterai au départ du bateau de Java. Une
dernière fois, elle lira sur mes traits mon
amour et ma peine infinie!

En attendant, il faut quitter cette prison,
sortir, aller où souffle un peu de brise. Je ne
peux pas rentrer de toute la nuit sous ce toit où

le sort laisse commettre un tel sacrilège. Ah ! si
quelque rôdeur malais voulait me rendre le
service de m'assassiner dans les ruelles désertes
où je vais errer jusqu'à l'aube !

Minuit.

Mon Dieu ! qu'ai-je vu ?... Qu'est-ce que cela
veut dire ?

Comme je traversais, pour gagner l'extérieur,
le grand hall de l'hôtel qui sert de bar public,
j'ai aperçu, assis à une petite table retirée...
Van Cleef sablant du champagne avec Irma. Oui,
c'était bien la plus jeune des deux sœurs Pellegrin qui causait presque à voix basse avec cet
homme, en riant d'un rire moqueur. Quant à
lui, si je ne l'avais pas trouvé beau quand il
était à jeun, qu'était-ce alors que je le voyais à
peu près ivre ! Ivre au moment d'aller retrouver
Doortje !

Un doute m'est venu : je n'avais jamais entendu personne nommer cette brute. Je devi-
nais que c'était Jan, « mon cher Jan », comme

elle disait ! Mais je pouvais me tromper; j'ai
questionné la *bar-maid*.

— C'est Van Cleef, de Java, m'a répondu,
dans le plus pur anglais, cette Hébé ees colonies.

Van Cleef se grisant, à onze heures du soir,
avec une autre femme que... non; je ne peux
pas écrire : *la sienne*. J'ai dû me retenir pour
ne pas leur sauter au cou à tous les deux. Joie
inespérée ! Doortje est toute seule là-haut !

Mais quelque chose m'a dit qu'il valait
mieux ne pas me laisser voir. Quelque chose
m'a commandé, surtout, de remonter l'escalier,
d'aller me mettre en embuscade aux abords de
l'appartement des Polak, et d'y monter la garde
pour crier au secours, pour ameuter tout l'hôtel
au besoin, si l'être bestial, gorgé de vin, que
je venais de voir, avait la sacrilège audace de
vouloir franchir cette porte.

Comme j'atteignais le haut des marches,
Doortje a paru, pâle, défaite, horriblement
abattue. Elle portait une tasse fumante, sans
doute quelque breuvage destiné à son amie. En
l'apercevant, j'ai joint les mains dans une prière

muette; j'allais parler, j'ouvrais la bouche, et
cependant j'ignorais comment j'allais dire à
cette vierge le danger, le hideux danger qui la
menace.

Elle m'a prévenu, la chère créature ! Elle a
levé sur moi ses grands yeux, bons, caressants,
tendres et si tristes ! Elle m'a dit ces seuls
mots :

— Vous aviez raison l'autre nuit : c'est vous !

Ainsi elle n'a pas oublié cette heure terrible où je lui criais : « C'est moi que vous
aimez ! » Je ne me trompais pas; elle l'avoue;
sa bouche vient de me le dire : « C'est vous! »

Sans attendre ma réponse ou plutôt la caresse
folle que j'allais lui donner, elle a ouvert la
porte. Alors j'ai songé que ce n'était pas tout
que d'être aimé, que ce n'était rien, à cette
heure, en face du danger qui menaçait Doortje.

— Van Cleef est en bas, ai-je dit. Il... il
boit ! Au nom de votre mère, enfermez-vous!

Elle a compris ma prière, plus fervente, plus
désespérée que celle qu'elle faisait elle-même,
durant cette nuit où nous croyions la mort si
près. Je l'ai vue frissonner avec tant de force

que quelques gouttes de la tasse qu'elle portait
ont coulé·à terre. Elle m'a répondu sans me
regarder, les dents serrées :

— Soyez tranquille !

J'allais la remercier éperdument de cette
joie qu'elle me donnait. Elle avait déjà disparu
et j'entendis la clef tourner deux fois dans la
lourde serrure. Me voici de nouveau dans ma
chambre. L'air s'est-il rafraîchi ? Est-ce mon
sang qui coule moins brûlant dans mes veines ?
Elle m'a dit d'être tranquille...

Tranquille pour ce soir. Mais pour demain !
Mais pour le reste de ma vie !

Hélas ! Elle part demain matin, seule avec
cette brute ! Et cependant c'est moi qu'elle
aime ; elle vient de me le dire.

27 juillet.

Toutes les émotions qui m'ont secoué jusqu'ici
ne sont rien. J'ai vu ce matin, chose inattendue,
inespérée, incroyable, impossible ! j'ai vu Van
Cleef s'embarquer sans sa femme ; j'ai cru

que j'allais mourir de joie : puis une terreur
folle m'a pris : Peut-être Doortje s'était embar-
quée à l'avance. Que dis-je ! peut-être ? La chose
est certaine. Il l'emmène avec lui. Renoncerait-
il si vite à ce trésor qui lui tombe du ciel ?
D'ailleurs il n'est pas le maître d'y renoncer; ils
appartiennent pour la vie l'un à l'autre. Ils sont
mari et femme. Il faut bien qu'il l'emmène !

Ces réflexions s'agitaient tumultueusement
dans mon cerveau tandis que je regagnais
l'hôtel de l'Europe, cahoté dans une brouette à
deux roues, que traînait au pas de course un
Chinois efflanqué. C'est le fiacre du pays. J'avais
montré une roupie à mon... cheval. Nous
aurions brûlé le pavé, s'il y en avait dans les
rues de Singapoor.

J'aperçus Polak assis à l'ombre d'un grand
arbre devant l'hôtel. Évidemment il m'attendait.
Quand il me vit sauter au bas de mon équipage,
il se leva et vint à moi, l'air furieux.

— Que le diable emporte les Français, cria-
t-il, et la rage qu'ils ont d'être aimables avec
toutes les femmes !

Je n'aurais jamais cru qu'on pût trouver tant

de plaisir à être invectivé par un citoyen des
Pays-Bas. Si le seigneur Polak, le plus doux et
le plus poli des hommes, se montrait à ce point
en colère, c'était que Doortje lui restait sur les
bras, c'était que Van Cleef ne l'avait pas emme-
née. Je me retins pour ne pas remercier mon
Hollandais de sa mauvaise humeur et je lui
répondis aussi tranquillement qu'il me fut possible :

— Pardon! Si je n'avais pas été aimable pour
deux femmes, — et pour un homme, — à
l'embarcadère de Naples, vous ne seriez pas à
Singapoor, aujourd'hui, cher monsieur.

— Parlons-en ! me répondit-il. Me voilà dans
une jolie situation ! Ma femme est dans son
lit...

J'indiquai par un geste courtois que, tout
en déplorant ce contretemps fâcheux, il m'était
impossible de m'y attribuer une part quelconque.

— Et ce n'est pas le pire, continua mon
homme. Vous n'avez rien vu, vous ! Si je vous
disais ce qui s'est passé, les ennuis qui ont
fondu sur moi hier et ce matin !

— Qu'est-ce qui s'est passé? demandai-je avec un étonnement hypocrite. Qu'y a-t-il?

— Il y a, parbleu! que cette folle de Théodora s'est mise à fondre en larmes au nez de son mari quand elle l'a vu hier. Voilà comme elle l'a reçu.

— L'émotion! insinuai-je. Dans tous les pays du monde, le... les premiers moments d'intimité...

— Jolie intimité! Nous n'étions pas à l'hôtel que cette princesse m'avait déclaré sa résolution formelle de retourner en Europe, par la prochaine malle, plutôt que de...

— Peut-être que Van Cleef ne ressemble pas out à fait à la peinture que vous en avez faite. Vous l'aurez trop flatté. Moi, j'avoue que je le trouve hideux.

— Je voudrais bien vous voir à sa place! Faudrait-il pas qu'un colon de l'intérieur fût pommadé, bichonné, savonné...

— Oh! ça, interrompis-je, pour savonné, il pourrait l'être plus. Il pourrait même ne pas se griser en aimable compagnie, précisément le soir de ses noces.

— Je vous conseille de parler de ses noces;
pauvre garçon ! Une scène conjugale, anticon-
jugale plutôt, de trois heures, dans laquelle je
me suis trouvé mêlé !

— Dame ! vous étiez responsable, comme
mandataire. Pour moi, si j'avais eu le plaisir de
connaître M. Van Cleef, même aussi peu que je
le connais, je n'aurais jamais eu l'idée de
choisir pour lui une femme jolie, distinguée,
délicate...

— Et moi, monsieur, je vous dis que, sans
vous, tout aurait fini par s'arranger. Une mauvaise nuit est bientôt passée. Mon pauvre Jan
aurait digéré son champagne; sa femme aurait
dormi tranquillement, et, ce matin, ils auraient
été prendre le bateau bras dessus, bras dessous.
Au lieu de cela, qu'est-il arrivé? Une coquine
avec laquelle nous avons voyagé a entrepris
hier soir ce naïf et lui a raconté qu'il s'était
passé à bord, entre vous et sa femme, des
choses... irréparables. Voilà ce que nous vaut
votre galanterie.

Je levai la main pour protester à la face du
ciel et de la terre. Mais, pour tout dire, je n'en

voulais point à Irma, autant qu'on pourrait le
supposer, de ses noires calomnies. M. Polak,
— je le soupçonne d'une jolie dose de scepti-
cisme, celui-là, — continua, en levant les
épaules :

— Mon commis a tout cru, comme parole
d'Évangile, et, si vous aviez passé à portée de
de lui dans le moment, je n'aurais pas donné
cher de votre peau. Mais c'est, au fond, un
homme de sang-froid et de grand bon sens. Il
est venu me trouver ce matin de bonne heure,
frais comme s'il n'avait bu que de l'eau la veille,
et calme comme je ne l'ai jamais vu. « Mon
cher patron, m'a-t-il dit, ma femme n'a pas
voulu de moi hier soir; je ne veux plus d'elle
ce matin. Elle avait ses raisons; j'ai les
miennes. Ne me faites pas de reproches, je ne
vous en fais pas. Le bateau part à dix heures;
il m'emmènera, mais tout seul. » Toutefois,
je ne puis croire qu'il aura fait ce coup de tête.

— Oh! bien, dis-je, il l'a fait. J'ai vu de mes
yeux le *Godavéry* partir, et lui dessus.

— Dieu sait pourtant que je lui ai tenu tous
les raisonnements qu'on peut tenir à un homme

en pareil cas ! Je lui ai même appris une circonstance... de nature à le faire réfléchir.

Ici, le profond Polak s'interrompit en me regardant en dessous d'un air défiant. Je vis qu'il
ne jugeait pas à propos de me faire connaître
« la circonstance ».

— Mais pourquoi, demandai-je, n'avez-vous
pas défendu à votre subordonné de partir ?

— Vous êtes bon, vous ! Croyez-vous qu'il
pousse la soumission jusqu'à accepter, pour
m'obéir, le rôle de... mari malheureux ? Suppo-
sez-vous, en outre, qu'une plantation comme
celle que j'ai là-bas puisse marcher indéfiniment
toute seule ? Il est allé au plus pressé, le brave
garçon ! Maintenant, je vais guérir ma femme
et ramener l'autre à de meilleurs sentiments.
Par le diable ! Il faudra bien qu'elle cède et
qu'elle rejoigne Van Cleef par le même bateau
qui nous emmènera madame Polak et moi.
Autrement, que je perde mon nom si je ne la
laisse ici. Elle se tirera d'affaire à sa guise. Les
caprices de femme m'ont toujours trouvé de
bronze, mon cher monsieur, et je le ferai voir à
cette folle.

Je fus saisi d'un mouvement impétueux mais irréfléchi, hélas !

— Monsieur, m'écriai-je, il faut que je parle à madame Van Cleef.

— Pour lui dire quoi ? Que vous l'adorez ? Et ensuite ? Elle est mariée, monsieur, aussi mariée qu'une femme peut l'être, et j'imagine que vous n'allez pas lui proposer de l'enlever ? Qu'en feriez-vous ? L'emmèneriez-vous en Chine ? Ah ! jeune homme, vous avez la tête chaude, mais, en ce monde, la réalité est plus forte que tout. Quand part le *Saghalien ?*

Le *Saghalien* ! Le service postal ! J'avais tout oublié !

— Nous partons ce soir, soupirai-je.

— Tant mieux ! fit Polak, — je l'aurais étranglé, à cette heure; — partez, mon jeune ami, et laissez-moi me débrouiller avec Théodora.

— Au moins que je lui dise adieu !

— Je le lui dirai pour vous. Croyez-moi : les plus courtes folies sont les meilleures. Donnez-moi la main; au fond, vous êtes un garçon estimable; quant à Doortje, c'est la plus hon-

nête fille que je connaisse. Et voulez-vous
savoir le fond de ma pensée? Je ne crois pas
un mot des histoires de cette fieffée coquine
d'Irma.

Polak prit congé de moi sans attendre ma ré-
ponse. Il est clair qu'il va tenir ma pauvre
Doortje sous les verrous, jusqu'à l'heure où le
Saghalien, réparé, continuera sa route vers
Shang-Haï.

Le rêve est fini. Mais le plus malheureux, ce
n'est pas moi. Pauvre, pauvre chérie !... Que
deviendra-t-elle ?

A bord du *Saghalien*, 28 juillet.

Je m'étonne qu'il me soit resté la présence
d'esprit nécessaire pour vaquer aux occupations
qui ont précédé le départ. Ce qu'il y a de sûr,
c'est que nous sommes partis et qu'il me semble
que je ne suis plus sur le même bateau. Tout y
est si changé !

Avant de quitter le port, j'ai écrit à Doortje,
puisque je ne pouvais la voir. Quelques lignes

seulement. Je lui dis que je l'aime et que son souvenir me rendra malheureux toute la vie.

Ah! Dieu! comme c'est vrai! La vie sans Doortje!...

On ne parlait à bord, aujourd'hui, que d'une nouvelle qui me réjouit et m'inquiète à la fois. Le Hollandais qui est mort dans la mer Rouge et que la pauvre Doortje a si bien soigné, n'avait, paraît-il, aucune famille. Il a laissé tout son bien à la compatissante jeune femme qui a généreusement adouci ses derniers moments. Une petite fortune!

Je comprends maintenant à quelle « circonstance » Polak faisait allusion. La femme de Van Cleef n'est plus pauvre. Hélas! comme l'a dit son patron : Jan réfléchira.

Shang-Haï, le 8 août.

Je n'ai plus le courage de rien écrire sur ce journal, ni surtout de relire ce que j'ai écrit. A Saïgon, où nous avons touché, je n'ai quitté le bord que pour mon service. Nous sommes ici depuis hier. Ce matin, je suis allé au consulat de Hollande, et j'ai consulté sur la validité du *mariage au gant*. Il n'y a rien à faire. Le refus mutuel des deux époux, le défaut de consommation du mariage, rien ne peut motiver l'annulation de l'acte.

Pauvre Doortje ! Il faudra qu'elle cède. Elle a cédé déjà, sans doute. Elle en mourra, chère et délicate créature !

Vingt jours à passer ici ; puis nous reprenons la route de France, *homeward*, le chemin du *home*, comme disent les Anglais. Hélas ! y aura-t-il jamais un *home* pour moi ? J'aime Doortje plus qu'en la quittant. Je tremble à la pensée qu'il me faudra repasser par Singapoor. Qu'y trouverai-je ! Qu'y apprendrai-je ?

Fatale idée que j'aie eue d'abandonner mon pays et de courir la mer aux flots bleus ! Jusqu'à cette heure, j'ignorais ce que c'est que la souffrance...

Shang-Haï, le 27 août.

Suis-je donc destiné à mourir fou? Le télé-
graphe annonce un cataclysme à Java. Des vol-
cans ont fait éruption; la terre a tremblé, la
mer a englouti des côtes, des villes entières.
Toute la garnison d'Anjer a disparu avec sa
caserne !

Je relis ces noms barbares. Il me semble que
je les ai entendu prononcer à Polak. Sa plantation devait être quelque part dans ces parages.
Est-elle détruite ? Van Cleef est-il dans la foule
des morts? Mais surtout, ô mon Dieu ! sa femme
n'est-elle pas partie pour le rejoindre? N'at-
t-elle pas péri comme lui ? Jusqu'au bout, ce
voyage sera-t-il donc troublé par de mortelles
inquiétudes? Moi qui parlais, en partant, de la
monotonie des traversées !

A tout hasard, je viens de télégraphier à Singapoor; mais aurai-je la réponse? Le *Saghalien*
repart ce soir !

.   .   .   .

Nous sommes en route; je n'ai pas de réponse. J'étouffe sous le poids des plus terribles pressentiments.

Saïgon, le 5 septembre.

Il était écrit que ce serait dans cette ville que j'apprendrais les décisions du sort à mon égard. Saïgon! Un lieu que je ne reverrai plus, sans doute; un nom dont je me souviendrai toujours!

Hier, nous avons trouvé en rade le *Peï-Ho*, venant de Singapoor. Dès que mon service l'a permis, j'ai couru à bord du paquebot, et j'ai eu la chance d'y rencontrer mon collègue. Je lui ai demandé si, par hasard, il n'aurait pas pris à l'escale de Singapoor une lettre pour moi. Il a cherché et m'a remis une enveloppe à mon adresse, d'une écriture inconnue. Je l'ai ouverte en tremblant. C'est Polak qui m'écrit. Tout va... mon Dieu! j'allais dire que tout va bien. Égoïsme du bonheur!

Eh, oui! Tout va bien. La plantation est dé-

vastée. Van Cleef est mort. Polak est à demi
ruiné; mais Doortje est veuve, et elle me fait
dire que, cette fois, je lui ai sauvé la vie pour
de bon : « car, sans vous m'écrit Polak, elle
serait partie avec Van Cleef ».

Que de choses dans ce mot : *Sans vous !* Cela
veut dire : « Si elle ne vous avait pas connu, si
elle ne vous avait pas comparé à un autre, si
elle ne vous avait pas aimé ! » Chère âme de ma
vie !

Eh bien, non. Ce n'est pas moi qui ai sauvé
Doortje : c'est Irma ! Sans les calomnies in-
ventées par la rancune de cette pauvre fille (je
lui pardonne de tout mon cœur; Dieu merci !
elle a dû rester à Batavia avec sa troupe), tout
l'innocent amour de Doortje pour môi, toute sa
répulsion pour « le cher Jan » n'y auraient rien
fait. Bon gré mal gré, elle aurait été obligée de
suivre son mari...

Mais qu'importe tout le reste ?

Van Cleef est mort ! sa femme est veuve ! et
Polak, le pratique et intelligent Polak, compte
évidemment sur moi pour le débarrasser de la
charmante pupille qui lui reste sur les bras. Je

le devine par sa lettre. Cher homme ! cher ami,
cher bienfaiteur qui aviez apporté cette perle
adorée loin de votre pays tout exprès pour m'en
faire don !

« Venez à l'hôtel en passant à Singapoor, me
dit cet esprit judicieux. Vous ne m'y trouverez
pas, car je pars pour voir ce qui reste de ma
pauvre plantation. Mais vous trouverez ma
femme guérie, et sa compagne, autant que je
puis croire, fort désireuse de vous remercier du
service que vous lui avez rendu sans vous en
douter. Elle a fait un héritage et c'est un bon
parti. Mais du diable si je m'occupe de la marier cette fois ! Elle est émancipée maintenant.
Peut-être, si elle vous consulte, aurez-vous
quelque bon conseil à lui donner quant au
choix du successeur de mon pauvre Van Cleef. »

. . . .

Nous partons cette nuit. Quarante-huit
heures, quarante-huit mortelles heures d'ici à
Singapoor !...

10 septembre.

Félicités du ciel ! Encore une fois le *Saghalien* nous emporte ensemble, moi et Doortje.

Chère adorée ! Je l'ai revue en présence de son amie Sarah. Je n'osais plus lui répéter que je l'aime. Une héritière !

L'excellente madame Polak, heureusement, s'est chargée de me tirer d'embarras. Voyant que je ne trouvais pas grand'chose à dire et que je me noyais dans des considérations scientifiques sur le désastre d'Anjer :

— Monsieur Duport, me dit-elle, pardonnez-moi de vous interrompre, mais le temps presse. Ne pourriez-vous pas, une fois encore, procurer une bonne cabine sur le *Saghalien* à deux dames qui s'embarquent tout à l'heure ?

Madame Polak souriait en me faisant cette question. Elle a décidément le plus joli sourire du monde. J'ai senti que je devenais stupidement pâle. J'ai balbutié :

— Deux dames ?...

—Eh ! oui. L'une d'elles, vous la connaissez :
c'est ma pauvre Doortje qui n'a plus rien à faire
qu'à retourner en Hollande. L'autre est la
femme d'un consul dont la santé exige son ra-
patriement. Elle s'est prise d'affection pour l'intéressante veuve que voici et lui servira de chaperon pendant la route. Qu'en dites-vous?
Peut-être vous semble-t-il que Doortje ferait
mieux de prendre un paquebot des Compagnies
hollandaises? Elle hésite et vous attendait pour
se décider.

Je n'étais plus timide, à cette heure. Je
comprenais que le bonheur de ma vie s'of-
frait à moi. Je répondis, les yeux fixés sur
le joli visage qui devenait plus rose sous mon
regard :

— A moins que... madame Van Cleef n'ait
pris la résolution de finir ses jours en Hollande,
elle ferait mieux de venir avec nous.

— Je n'ai rien résolu de semblable, a dit la
chère créature. D'ailleurs, j'aime le *Saghalien*.
Il m'a porté bonheur. S'il vous plaît, monsieur,
nous ferons encore une fois le voyage ensemble...

Avant que sa phrase ne fût finie, je tenais ma fiancée dans mes bras !

J'ignore au bout de combien de temps un poing solide ébranla la porte.

— Je vous attends pour embarquer les dépêches, me cria la grosse voix de Kerenflech.

Cette fois, le brave homme n'interrompait aucun entretien coupable ; mais je vis bien, quand nous fûmes seuls, que ma négligence dans mes fonctions l'étonnait un peu. Aussi je ne pus m'empêcher de lui dire :

— Patron Kerenflech, j'ai tout lieu de croire que nous faisons pour la dernière fois le service postal ensemble.

. . . .

Chère Doortje ! nous passons chaque jour de longues, longues heures en tête à tête. Quelle compagne sûre, adorable, dévouée j'ai trouvée là ! Parfois la vue de la robe de deuil qu'elle tient à porter me rend maussade. Mais, patience ! avant les foins prochains, elle en mettra une autre, toute blanche, avec cette longue guirlande de fleurs d'oranger qui fait le plus bel ornement de la traîne de satin des mariées.

Et, maintenant, que le fameux manuscrit dorme tout à son aise dans les tiroirs de l'édi-teur! Ce n'est pas moi qui le réveillerai. J'ai trouvé l'amour, je renonce à la gloire.

Il s'agit aujourd'hui de me faire nommer di-recteur du bureau de Mortain, la petite ville où m'attend ma maison blanche et mon jardin aux terrasses fleuries.

Pourvu que le ministre ne demande pas des renseignements à Kerenflech !

FIN

20

TABLE

Imprimeries réunies, B, rue Mignon, 2.

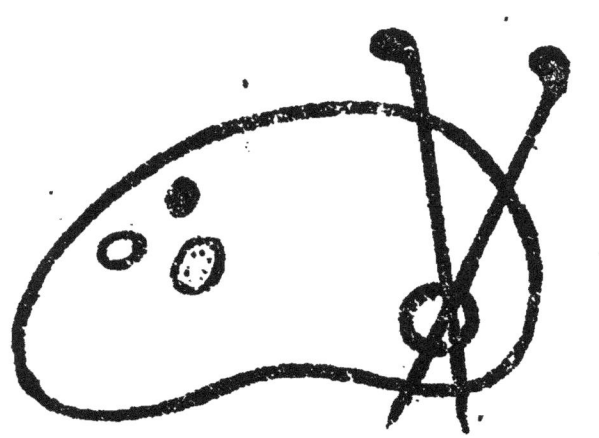

www.ingramcontent.com/pod-product-compliance
Lightning Source LLC
Chambersburg PA
CBHW070324030726
47505CB00004B/1075